荣耀

弗拉基米尔·纳博科夫

石国雄　译

上海译文出版社

图书在版编目(CIP)数据
荣耀/(美)纳博科夫(Vladimir Nabokov)著;
石国雄译. —上海:上海译文出版社,2018.7(2019.8重印)
(纳博科夫作品系列)
书名原文:Glory
ISBN 978-7-5327-7704-4

Ⅰ.①荣… Ⅱ.①纳… ②石… Ⅲ.①长篇小说—美
国—现代 Ⅳ.①I712.45

中国版本图书馆CIP数据核字(2018)第018578号

Vladimir Nabokov
GLORY

图字:09-2018-561号

荣　耀	Vladimir Nabokov	出版统筹　赵武平
	弗拉基米尔·纳博科夫　著	责任编辑　邹　滢
Glory	石国雄　译	装帧设计　@broussaille 私制

上海译文出版社有限公司出版、发行
网址:www.yiwen.com.cn
200001 上海福建中路193号 www.ewen.co
上海信老印刷厂印刷

开本890×1240　1/32　印张7.5　插页2　字数132,000
2018年7月第1版　2019年8月第2次印刷

ISBN 978-7-5327-7704-4/I·4724
定价:45.00元

Glory

荣耀

献给薇拉

作者前言

……一九三〇年五月，在写完《眼睛》之后，我立即开始着手创作《荣耀》，年底便完成了这部书稿。当时我和妻子还没有孩子，我们在柏林西部卢伊特波尔德大街上一座庞大阴暗的公寓里租了一间客厅和卧室。那公寓是独腿将军冯·巴德莱本先生的住所，他上了年纪，唯一能做的事便是专心修订家谱。他那宽大的前额有几分纳博科夫家族的特征，事实上，他与著名国际象棋手巴德莱本[①]确实有点血缘关系，后者像我笔下的卢仁那样结束了自己的生命。初夏的某一天，《当代纪事》的主编伊利亚·丰达明斯基从巴黎来，要买下我那还处在"生根阶段"（好比是收获之前的庄稼地）的书稿。他是个社会革命党人、犹太人、热情的基督徒和学识渊博的历史学家，总之是个讨人喜欢的家伙（后来德国人在一座死亡集中营里杀害了他）。交易谈妥后，他兴奋地拍着大腿，从我家暗绿色的沙发上站了起来，这个画面至今还栩栩如生地浮现在我脑海里！

本书曾经有过一个相当迷人的书名《浪漫年代》（后来弃之不用是因为我倾心于更精练的词"荣耀"，它意指"英勇的壮举"、"高尚的行动"），我原本想选这个名字，部分原因是我受够了西方记者把当今时代称作“物质的”、“实用的”、“功利的”或诸如此类的呼声，但主要还是出于我写这部小说的意图。这是我唯一一部带有意图的小说，着重揭示了我那年轻的流亡者在最平凡的乐事和看似无意义的孤独冒险经历中发现的激情与魅力。

如果由我自己来指出这部小说的不足，那么某些类型的评论家就会无事可做了（特别是其中那些狭隘无知的家伙，我的作品对他们产生了如此奇怪的影响，也许竟会有人以为是我在幕后用催眠术害得他们做出一些无礼举动）。毋庸置疑，在这部小说近乎沦落为虚假的异国情调作品或平淡无奇的生活喜剧后，它提升到了一种极度纯情和充满忧郁的艺术境地，这种文学高度只有在我很久以后写成的《爱达》中才会再次达到。

那些想在书中寻找人道主义内容的人也许会问：《荣耀》的主人公与我其他十四部小说（包括用俄语和英语写的作品）的主人公们有什么联系？

马丁是我笔下所有年轻男性中最善良动人的形象，而暗眸无神、黑发粗糙的小索尼娅（从名字来判断，她的父亲带有切列米斯人[②]的血统），任何精通爱情游戏和情场规则的人都会认为，虽然她无疑是个喜怒无常、冷酷无情、卖弄风骚的女人，但她是我笔下所有年轻女性中最为异乎寻常地迷人的形象。

如果说马丁在某种程度上还可以认作是我的远亲（他更讨人喜欢，但也比我幼稚得多），我与他在童年记忆和长大后的个人好恶方面

① Curt Von Bardeleben（1861—1924），德国著名国际象棋手，于1924年1月在柏林跳窗身亡。在小说《防守》中，纳博科夫利用该人物原型创造了主人公卢仁这一文学形象。

② Cheremis，俄罗斯伏尔加河上游的居民马里人的旧称。

存在某些共同点的话，那么他那对平庸的父母则恰好相反，从任何理性角度看都不像我的双亲。至于马丁在剑桥大学的朋友们——达尔文从头到脚都是虚构的，穆恩也是一样，而“瓦季姆”和“特迪”在我过去读剑桥时确有其人，他们以N. R. 和R. C. 的姓名缩写形式出现在我的回忆录《说吧，记忆》（一九六六年）第十三章的倒数第二段里。济拉诺夫、伊戈列维奇和格鲁济诺夫，他们属于这样一类人——在政治立场上站在极左的旧派恐怖主义分子和极右的立宪民主党人之间，一方面远离君主主义者，另一方面又同样远离马克思主义者。正是在连载《荣耀》的那本杂志的追随者中，我与这类人多有接触，但上述三位都不是以某个真实具体的人物来描摹的。我认为自己有责任在本书中为这种政治形态作出适当的描述（对俄罗斯的流亡知识分子，也就是我俄语作品的主要读者而言，由于他们熟悉这种政治理念，对它有着像对常识那样下意识般的精确感，所以他们马上就能明白我在说什么），因为有一点事实我仍然无法接受：美国的知识分子受到布尔什维克宣传的影响，一直以来完全忽视了在俄国侨民中存在着的活跃的自由主义思想（一九四〇年，在纽约，当我说我既不支持苏维埃也不支持君主制时，一位眼光特别狭隘的左翼作家兴致勃勃地问：“这么说，您是个托派分子喽？”）。这一点真值得我每年用放烟火般接连不断的蔑视和讽刺去揭露它，以示庆祝纪念。

然而，《荣耀》的主人公马丁对政治不感兴趣，这是塑造马丁的魔法师手上的两套主要法宝之一。马丁的命运赋格曲的主题就是实现愿望。他是一个“梦想成真”的人，是人中的珍品。但是，实现愿望的过程本身必然贯穿着强烈的怀乡情结。对童年幻想的追忆与对死亡的预期结合在了一起。马丁最后去禁地佐尔兰德（与纳博科夫在《微暗的火》中虚构的国度赞巴拉毫无关系！）时所走的那条危险小径，就是在儿童房墙上的水彩画里那条蜿蜒曲折、带有童话色彩的林间小径的延续，通往一个没有意义的终点。或许，“如愿以偿”这个标题对于本书会更为理想：纳博科夫不可能没注意到，俄语“英勇行为”一词在英语里往往被译成“功绩”，而编纂者在图书目录中采用的正是后者；但是，一旦从中觉察出动词“利用”的含义，那么俄语“英勇行为”的隐含意义——虽然这种行为很高尚很光荣，却无益无用——就立即消失了。因此作者选了“荣耀”作为英语书名，与原俄语书名相比，它离字面意义更远，更间接，却更加深刻地表达了俄语书名的隐含意义及其在骄阳下伸展开的所有纷繁复杂的自然联想。这就是崇高事业和无私成就的荣耀，是尘世间的荣耀和不完美的世间天堂的荣耀，是彰显个人勇气的荣耀，也是光辉灿烂的殉道者的荣耀。

如今，弗洛伊德心理学说已经备受质疑，作者吹着惊讶的口哨回忆起，在尚不遥远的过去，比方说，在一九五九年前（也就是作者为他的英语小说写的七篇前言中的第一篇问世之前），大家都以为父母离异必然会导致孩子的人格产生分裂。马丁父母的分居对马丁的心灵绝没有这样的影响，把马丁闯回祖国和他的父亲早逝扯在一起，这种做法只有对一个在噩梦般的考试中绝望挣扎的笨蛋来说才算可以原谅。而满腹空欢喜地指出马丁爱上的姑娘和他的母亲有着同一个名字，这同样是十分轻率的。

我的第二套法宝就是：我虽慷慨地赐予了马丁许多天赋，却有意没把才华加进去。要把他塑造成画家或作家，那太容易了。要让他成不了画家或作家，同时又赐予他通常是从事创作的人才会有的敏锐感官知觉，要做到这一点绝非易事。不让他在艺术中找到自己的位置——不是为了逃离现实（只是在不太喧闹的楼层上有一间打扫得较为干净的陋室罢了），而是为了缓解生存的难受感——那又是多么残酷！建立自己小小的，却又光芒万丈的功绩的诱惑占了上风。结果使我想起了自己以前设计的一道象棋谜题，它的美妙之处在于自相矛盾的第一步：白后有四个棋格可走，但在其中每个格子上，对处于四种死局中的一匹白马而言，白后都成了障碍（这么厉害的棋子——却是个“障碍”！）。换句话说，白后成了完全无益的障碍，成了棋盘上的多余棋子，在接下来的棋局中不起任何作用，它不得不自我流放到一个中立的角落里去，待在一个行动迟缓的小卒后面，停在那里不动，无所事事，默默无闻。要想出解决这道难题的一步棋是异常困难的。《荣耀》也是这样。

作者相信，睿智的读者不会热衷于去翻阅他的自传《说吧，记忆》以寻找相同的素材或相似的背景。《荣耀》的趣味在于别的地方，它创造出推动情节的幻象，需要读者从细小事件的彼此呼应和相互联系中，从小说前后的跳跃切换中去搜寻：一个时隔久远的白日梦直接化作抱在胸前的足球带来的幸福，或是书中偶尔出现的场景——马丁母亲在小说勾勒的时间框架外伤心哀恸，而读者只能去猜测这一抽象的未来，甚至在他已经快速翻阅过最后七章，看到情节沿着疯狂的曲折轨迹向后发展，所有人物在暴风骤雨般的尾声中粉墨登场，使故事达到高潮之后，最终恰恰没有发生什么特别的事——只是在一个潮湿晦暗的日子里，一只鸟儿停在栅门上而已。

弗拉基米尔·纳博科夫

一九七〇年十二月八日于蒙特勒

一

有趣的是，马丁的爷爷埃德尔韦斯[1]竟是瑞士人—— 一个身强力壮、蓄着两撇松软小胡子的瑞士人。在十九世纪六十年代，他曾给圣彼得堡地主因德里科夫的孩子们做家教，后来他娶了地主最小的女儿。马丁最初以为，阿尔卑斯山上那种娇柔的白色小花，那植物标本室里的受宠之物，其芳名正是人们为了纪念爷爷而取的。直到后来，他也无法彻底放弃这种想法。对爷爷马丁记得很清楚，不过他只记得他的一种模样，一种姿势：一位胖胖的老人，全身素白，髭须如雪，头戴巴拿马草帽，身穿珠地布[2]马甲，马甲上挂满饰物（其中最有趣的是一把只有指甲大小的小匕首），正靠坐在屋前的长椅上，遮蔽在缓缓挪动的椴树阴影下。爷爷就是在这条长椅上去世的，溘然长逝之际，他的掌中揣着心爱的金怀表，表盖犹如一面金色的小镜子。突如其来的中风让他恰好以这种姿势离开了人世，而据家里人传说，在他心跳停止的一刹那，金表的指针也一起停止了转动。

后来的许多年里，埃德尔韦斯爷爷一直活在一本巨大的皮面相册中。在他那个时代，照片无不拍得品位十足、有板有眼、煞费苦心。那时的摄影术操作起来可不是件随便好玩的事，拍照的人必须长时间保持静止不动，只有在快拍的前一瞬间才能露出点笑容。多亏这种程序复杂的日光胶版法[3]，在那些略显暗淡却品相优良的照片上，埃德尔韦斯爷爷摆出的各种威武雄壮的姿势显得既稳健又凝重：有年轻时的爷爷，脚边是一只刚打死的山鹬；有骑在马上的爷爷，胯下是那匹名叫黛茜的牝马；还有坐在凉台上一张带条纹的座椅中的爷爷，身旁是一条黑色的达克斯腊肠犬，它可不想乖乖坐着，结果在照片上长出了三条尾巴。直到一九一八年，埃德尔韦斯爷爷才从这个世界上彻底消失，因为那本相册在火焰中灰飞烟灭，和存放相册的桌子一起化作余烬——实际上，爷爷在乡下的整座庄园都被付之一炬了。邻村暴动的农民没有想到趁机劫掠家具捞上一把，而是愚蠢地将庄园烧了个一干二净。

马丁的父亲是一位皮肤病医生，很有名望。像埃德尔韦斯爷爷一样，他也是个矮胖子，长得十分白皙，闲暇时喜欢去钓鰕虎鱼[4]，还收藏了数量惊人的匕首、马刀以及造型奇特的长管手枪，结果他差点因此被现代新式武器的使用者送上刑场执行枪决。一九一八年初，他身体开始浮肿，胸闷气喘，后来在三月十日左右就不明不白地死去了。当时他的妻子索菲娅和儿子马丁正住在雅尔塔[5]附近：这座小城口味挑

① Edelweiss，英文原意是火绒草，为菊科火绒草属的多年生草本高山植物，因其植株覆有白色或灰白色绒毛而俗称“雪绒花”。

② Piqué，针织布料组织的一种，布表面呈疏孔状，因此又称“凸纹布”或“菠萝布”。

③ heliography，一种早期摄影技术，以操作程序复杂和曝光时间长为特点。

④ goby，一种体型小的食肉类鱼，俗称光鱼，其特点是身体细长，有两条脊鳍，是世界上最小和寿命最短的脊椎动物之一。

⑤ Yalta，国际著名滨海旅游城市，与圣彼得堡相距2160公里。该城历史悠久，1783年随克里米亚半岛并入沙皇俄国，1917—1922年俄国国内革命战争期间，其政权在布尔什维克红军苏维埃、地方自治临时政府、白卫军和本地区鞑靼民族主义分裂分子以及外来的德国侵略军等多股势力之间动荡，最终于1920年底被红军收复。

剔，一直在不同政权之间反复试选，举棋不定。

索菲娅是位面色红润、长有雀斑的年轻妇人，盘着浅色大髻，高高扬起的眉毛在近鼻梁处变得浓厚细密，而在近鬓角处又淡得几乎不易察觉，在她精致娇嫩的双耳下方，在那对修长的耳垂上有两条细缝（这是她从前戴耳环时留下的印迹，如今耳环已不见踪影）。就在不久前，索菲娅还经常去打网球，在他们那座遥远的北方乡村庄园的庭院里（那处庭院十九世纪八十年代便已建成），她在赛场上身手矫捷地来回奔跑，活力四射。到了秋天，她会骑上一辆黑色的恩菲尔德[①]自行车，在庄园的林荫道上驰行良久，听枯叶铺就的地毯在车轮下沙沙作响。或者她会出门远足，沿着从奥利霍夫通往沃斯克列先斯克[②]的公路，徒步走在松软的土质路肩上，这是她从小就喜欢的路线，远行途中，她会一直上下轻点那支镶有珊瑚柄的贵重手杖，做派就像一位经验丰富的旅人。在圣彼得堡，索菲娅是出了名的英国迷，她自己也很享受这一名誉——她会眉飞色舞地和别人谈论童子军或吉卜林[③]，还会频繁光顾“德鲁”英国商店，从中获得十分特别的乐趣。在那家商店里，当她走在楼梯上，正面对着一幅巨大的招贴画时（画中一名女子正往一个男孩头上抹着厚厚的泡沫），一股肥皂和薰衣草的美妙清香便已将她裹入其中，还夹杂着其他什么气味，好像是橡胶折叠浴盆，足球和包得紧紧、又圆又沉的圣诞布丁的气味。受母亲的影响，马丁最早读的就是英语书：索菲娅十分讨厌那本名叫《知心话》的俄语儿童杂志，还激起了马丁对恰尔斯基夫人笔下那些肤色黝黑、声

① Enfield，国际著名自行车、摩托车品牌。

② Olkhovo（奥利霍夫）和Voskresensk（沃斯克列先斯克），位于俄罗斯首都莫斯科市附近的两座城镇名。

③ Kipling（1865—1936），英国著名小说家、诗人，1907年获诺贝尔文学奖。

名显贵的年轻女主人公的厌恶之情，结果过了很久以后，马丁对任何由女性书写的作品依然心存警惕，即使是其中的绝佳之作，也让马丁感到其中潜藏着一股下意识的冲动，就像一位人过中年、身材可能已经走形的夫人喜欢用体面动听的名字装扮自己，然后像猫咪一般蜷缩在长沙发椅上那样。索菲娅还痛恨小称[①]，平时一向严格自律，坚决不用它们，如果丈夫开口说"小家伙儿又有点儿小咳嗽儿了，我们来看看他有没有发点儿小烧烧"，她就会感到恼火：俄罗斯的儿童文学充斥着模仿孩子可爱咬舌音的话语，却又没有犯下道德说教的罪过。

如果马丁爷爷的姓氏是开放在山间的雪绒花，那么马丁奶奶的娘家姓则属于俄罗斯寓言里的动物区系[②]，其魔幻般的起源与各种各样的沃尔科夫（"狼"）、库尼岑（"貂"）或别尔金（"小松鼠"）大相径庭。很久很久以前，曾经有许多神奇的野兽在我们国家的土地上四处觅食。但在索菲娅看来，俄罗斯童话粗俗残忍、卑劣龌龊，俄罗斯民谣愚蠢无聊，而俄罗斯谜语则白痴透顶。对普希金那位著名的保姆，索菲娅也不怎么相信，还说这个人物，连同她的那些童话故事、毛衣针和心绞痛，都是诗人自己编造出来的。就这样，幼年时期的马丁失去了熟悉俄罗斯民间文学的机会，这些知识若能穿越那如棱镜般五彩缤纷的记忆浪花，也许会给他以后的人生带来一些新的魅力。不过，在他的生活里并不缺少醉人的乐趣，在童年时期唤醒他想象力的虽然不是

① diminutives，即"指小表爱"，是俄语口语中经常用到的一种爱称形式，一般用于长辈对晚辈和夫妻之间等比较亲密的关系。

② fauna，地理学、生态学术语，指生活在某一地区某段历史时期内的全部动物种类。

俄罗斯的鲁斯兰骑士[①]，却也是鲁斯兰身在西方的兄弟，所以他也没有必要感到惋惜。何况，当命运悄然降临，将他的灵魂封闭在永不停息的滚筒之中，轻轻地向前推动，让他注定一生不得安歇的时候——这一切又有什么关系呢？

① Ruslan，出自普希金根据俄罗斯民间传说创作的经典奇幻长诗《鲁斯兰与柳德米拉》。鲁斯兰是一位武艺高强、英勇无畏、对爱情忠贞不渝的贵族骑士，在俄罗斯民间家喻户晓，是和西欧古代骑士传说中的特里斯丹、亚瑟王等英雄人物齐名的文学形象。

二

一张窄小的婴儿床，两侧是用白绳编织起来的护网，床头有一幅小圣像（箔框里固定着圣徒那张上过清漆的褐色面庞，底下的深红色长毛绒不知是被蛾子还是被马丁自己吃掉了），床上方的浅色墙壁上挂着一幅水彩画，画中是一片茂密的树林和一条消失在树林深处的蜿蜒小径。索菲娅经常为马丁朗读一些英语读物（这位母亲是何其缓慢而又神秘地读出那些字句，待读完一页，她就会把眼睛睁得大大的，将自己那带有零星雀斑的小手放在书页上，问道："猜猜接下来会发生什么？"），其中有篇故事就讲到了一幅绘着林中小路的画，挂在一个小男孩的床头上方。在一个美好的夜晚，这位像他一样穿着衬衫式睡衣和其他衣物的小男孩从床上走进那幅画里，走上了那条消失在密林中的小路。有一个念头使马丁很不安：母亲可能会发现墙上那幅水彩画和书中插画的相似之处。据他估计，她会为此放心不下，会把画拿走，以防儿子也踏上那条夜间迷途。于是，每次他在临睡前都要在床上祈祷（首先是用英语简短地祷告："温柔耶稣真仁爱，敬求聆听主小孩"[①]，然后用咝咝作响、宛如神谕一般的斯拉夫语念起主祷文），一边快速地喃喃低语，一边努力跪在枕头上（母亲按禁欲主义的观念认为这种做法是不允许的)，向上帝祈求别让母亲发觉那条诱人的小径正好在他的头顶上方。后来，青年时代的马丁回首往事，曾经怀疑自己是不是真的有天夜里从床上跳进了画中，这段经历是不是他那充满幸福和痛苦的人生旅途的起点。他仿佛记得大地冰冷的寒意，森林幽绿的微光，蜿蜒曲折的小径(一条巨大的树根从地下突起，横亘四周)，自己赤脚奔跑时从身边一闪而过的树干，以及那充满童话般无限机遇的奇怪而黑暗的夜空。

埃德尔韦斯奶奶的娘家姓是因德里科夫，她年轻时热衷于水彩画。当她在陶瓷调色板上将蓝色和黄色颜料调和起来时，未必会预见到自己的爱孙将游走在这片经她调和生成的新绿之中。马丁感悟到的那份激情，那份以各种形式混合表现出来的激情，从此开始伴随他的一生，而这正是索菲娅想在儿子身上开发的一种感觉，即使连她自己也很难为这种感觉找到一个合适的名称。她只知道，自己必须每天晚上用已故的家庭女教师当年培养她的方法来培养马丁(那位家庭女教师就是年长睿智的布鲁克夫人，她的儿子曾在婆罗洲[2]收集兰花，还坐气球穿越了撒哈拉沙漠，最后死于土耳其浴室里的一起锅炉爆炸事故)。母亲抱着书念，马丁就用手撑着桌子，跪在扶手椅里听。她很难放下书本带他去睡觉，因为他总是会请求她再多念一点。有时她会背着马丁走上楼梯去儿童房——她自己管这叫“背柴火”。她会从一个贴着蓝色包装纸的铁皮盒里取出一块英国饼干，让马丁在睡觉前吃

---

① 出自18世纪英国循道主义运动领袖查理·卫斯理(Charles Wesley, 1707—1788)于1767年创作的著名儿童圣诗《温柔耶稣歌》，该诗第一句原文其实是“温柔耶稣真仁爱，敬求看顾主小孩”，此处文中略有不同。

② Borneo，即加里曼丹岛，位于东南亚马来群岛中部，是世界第三大岛，其自然物种极为丰富。

掉。盒中的最上面一层是涂着糖衣的高级饼干，中间一层是姜汁味和可可味的饼干，而在某天夜里，马丁难过地发现自己摸到了盒子的底层，里面只剩下淡而无味的普通饼干了。对此他也只好无奈地接受。

松脆的英国饼干也好，亚瑟王手下圆桌骑士们的冒险也罢——这一切都在马丁身上产生了作用，没有丝毫浪费。想想看，一位少年英雄——或许是特里斯丹骑士的外甥？——首次一件件地披挂起金光闪闪、饱满鼓胀的全身铠甲，策马奔赴自己的第一场单挑决斗，这一刻叫人何等快意！还有那些遥远的环状岛屿，一位姑娘正站在岸边向它们凝望，她的一身衣裙在风中飘扬，一只戴头罩的猎鹰停栖在她的腕上。再想想看：包着红方巾、戴着金耳环的水手好汉辛巴达，从水下伸出弧形的绿色长颈、直抵海天交接的地平线的巨型海蛇怪，在大地上寻找彩虹尽头的孩子……此外，还有一个与之有所关联的形象，犹如针对上述一切事物的回响——那是一节华丽的褐色平板卧铺车厢，就摆在卧铺车厢暨大欧洲快客列车协会位于涅瓦大街上的橱窗里。看到车厢模型的那一天，天气阴沉寒冷，细雪纷纷，他穿着长袜和短裤，腿上还套着一条黑色的针织防雪裤，被人牵着走在大街上。

三

马丁的母亲十分爱自己的儿子，这份爱是如此自私，如此炽烈，如此厚重，以至于让她有些心力交瘁。与丈夫分手后，她和儿子单独居住。到了星期天，马丁会去他们原来的公寓探望父亲，在那里长时间地摆弄手枪和匕首，而父亲则若无其事地径自阅读报纸，偶尔头也不抬地回答一句“是的，上子弹了”或者“是的，有毒”。遇到这种时候，索菲娅在家里就待不住了，她被一个荒唐的念头折磨着：她那懒惰的丈夫可别采取什么行动，把儿子留在他那里。马丁对父亲很亲热也很恭敬，尽可能少怪罪他，因为马丁认为，父亲被赶出家门是因为发生过这么一件事：好像是在一个夏日的傍晚，在他们的乡村庄园里，父亲对钢琴下了手，使得钢琴迸发出一声异常惊人的巨响，仿佛有人踩了它的尾巴，而第二天父亲就去了圣彼得堡，再也没有回来。恰好就在这一年，奥地利大公在一座土耳其式宫殿里被暗杀了。马丁清晰地想象出那座宫殿和会议室，想象着戴着羽饰帽子的大公持剑抵挡六名黑衣刺客的情景，后来他发现自己弄错了，还为此感到沮丧。砸琴键事件发生时，马丁并不在场：当时他正在隔壁房间里刷牙，牙膏泡沫很多，味道甜甜的，牙膏管上用英语写的话尤为引人注目："我们改进不了牙膏，所以我们改进了软管。"确实，牙膏孔变成了一条横向的细缝，因此挤在牙刷上的牙膏不再像蠕虫，而是呈带状的了。

在丈夫的死讯传到雅尔塔的那一天，索菲娅回想起了自己与丈夫的最后一次谈话，包括其中所有的细节以及细微变化。丈夫坐在一张小藤桌旁，一直察看着揸开的短手指的指端。她对他说，他们无法继续这样生活下去了，他们早已形同陌路，她准备带儿子离开这里，哪怕是明天走也行。丈夫懒洋洋地微笑着，用略显沙哑的声音轻轻回答：你是对的，唉，是对的。他又说，自己会主动离开，在城里租一间独立公寓。他那轻轻的声音，显得和气的肥胖模样，尤其是那柄在他手上不停磨着软指甲的小锉刀，简直逼得她想发狂。当然，激烈的口角和痛哭流涕会让情况更糟，但他们俩在谈论分手时还能保持如此平静，这让她感到惊诧与可怕。后来他站起身，一边锉着指甲，一边在房间里走来走去，带着温和的微笑谈着未来分居生活的日常琐事（城里的四轮马车在此话题中扮演了一个可笑的角色）。在走过打开着的钢琴时，突然，他攥紧拳头，使尽浑身力气，无缘无故地砸了下去，空气中顿时迸发出一声惊人的巨响，仿佛一阵刺耳的嚎叫声冲进了刹那间敞开的大门。随后，他又用原先那种轻轻的声音继续说着中断了的话，在重新走过钢琴时，他小心翼翼地关上了琴盖。

马丁不怎么爱父亲，父亲的死之所以使他震惊，正是因为他没有好好爱过自己的父亲。此外，他无法摆脱一个念头：父亲是在羞耻中死去的。于是，马丁第一次明白，人生的道路是曲折的，现在第一个转折点已经过去了，在母亲把他从柏树林荫道叫到凉台上的那一刻，他的生活就已经改变了。母亲用奇怪的声音说："我收到了济拉诺夫的来信。”接着母亲用英语继续说：“我要你变得勇敢起来，非常勇敢——这和你父亲有关——他不在人世了。”马丁的脸变得刷白，他茫然地笑了笑。后来他在沃龙佐夫公园里徘徊了很久，不时念叨着自己儿时给父亲起的充满稚气的绰号，竭力想象着——带着一种温暖而又不切实际的说服力想象着——父亲就在他的身边，在前面，在后面，在那棵雪松后，在那片草坡上，在近处，在远处，在所有的地方。

虽然不久前下过暴雨，但天气还是很热。绿头苍蝇在像上了漆一样发亮的欧楂树上方嗡嗡作响。一只凶狠的黑天鹅在池塘里漂游，不时摇晃着那仿佛染过色般的深红色鸟喙。花瓣从杏树上飘落，躺在湿漉漉的小径那黑乎乎的泥土上，白花花的，让人联想起姜饼中的杏仁。离巨大的黎巴嫩雪松不远，孤零零地长着一棵白桦，它的枝叶特别倾斜（像姑娘梳头时一样，让头发从一侧垂下，就这么停住不动了），只有白桦才有这种样子。一只带着斑马状条纹的凤蝶飞过，将尾部伸展开，然后又收起来。天空闪闪发亮，柏树投下道道阴影（这些树很老，树皮呈红褐色，小小的球果在枝叶间半隐半现），池塘宛如一片黑色的镜面，那只天鹅的周围漾起一圈圈波纹。在明艳的蓝天下，边缘起伏不平的佩特里山高高耸立，山腰上密布着形如卡拉库尔绵羊[①]的茂密松林——这一切充满了一种怡然舒畅却又令人痛苦的情怀。不知为什么，马丁觉得父亲就活跃在这些阴影和闪光之中。

“假如你不是十五岁，而是二十岁，”那天晚上索菲娅说，“假如你已经中学毕业，假如我已不在人世，那么你当然就可以去……我想你也有责任去……”话说到一半就停住了，她想到了白卫军，想象着

① 卡拉库尔绵羊是国际知名羔皮用绵羊品种，因乌兹别克斯坦共和国布哈拉市的一个羔皮贸易中心村镇卡拉库尔得名。

某座俄国南部的大草原和一群戴着哥萨克帽子的骑兵，竭力要在远处就从他们中间认出马丁。但是，感谢上帝，他就站在她身边，衬衫敞开着，剪着短发，皮肤被太阳晒成褐色，眼睛中闪烁着明亮的光泽。“然而，另一方面，如果我们返回圣彼得堡……”她像是在问他，这时一发炮弹落在某个不知名的车站里爆炸了，把火车头掀翻在地。“这一切总有一天都会结束。”过了片刻她又说，“同时我们应该想个什么主意。”

“我想去游泳。”马丁用安抚母亲的口气插话说，“尼基，丽达——大家都在那儿。”

“好吧，去吧，快去吧。”索菲娅说，“说到底，这场革命总有一天会过去，到时回想起来就会觉得怪怪的。你在克里米亚养得很好，怎么也得把雅尔塔的中学念完。你看，那面悬崖照亮以后很美，不是吗？”

那天夜里，母子两人都无法入眠，各自想着亲人去世的事。索菲娅尽量默默地想，也就是不啜泣、不叹息（儿子房间的门是半开的）。她又详尽回忆起了导致她与丈夫决裂的一切，想起了其间的枝枝节节，审视彼此相处的分分秒秒。她明确地意识到，那个时候她不得不这样做。但终究有些地方她也有错。毕竟假如他们不分开，他就不会这样孑然一身，在空荡荡的房间里喘着气，孤独无助地死去，也许死前他还回忆着他们最后一年的幸福生活（那时的所谓幸福也不过是相对现在而言）和最后一次国外旅行，那次他们去了比亚里茨镇，在克鲁瓦-德-穆盖尔村作过短途旅行，还游览了巴约讷城[①]的小画廊。有一种力量令她深信不疑，与其说是像上帝，不如说是一个从未在世上

① 此三地均位于法国西南部，靠近伊比利亚半岛和布列塔尼半岛之间的比斯开湾，是著名的旅游观光区。

露过面的人的房子，他的财产，他的温室和养蜂场，还有夜里在田野上偶然听到的他那遥远的声音。将这股力量唤作“上帝”会让她感到尴尬，就好像有些名叫彼得和伊万的人总会矫情地叫出自己的昵称“皮特”或“万尼亚”，而另一些人在滔滔不绝的对话中会无数次津津有味地叫出自己的名字和父称①，更糟时还会叫出自己的绰号。这种力量与教会毫不相干，它不能赦免任何罪行，也不对任何罪孽施加惩罚。她不过就是有时会在一棵树边，在一朵云下，在一条狗面前，或是在直视天空时感到羞愧，因为像说好话一样，它同样会小心而虔诚地说坏话。现在，索菲娅想着令人不快、不讨人爱的丈夫和他的死亡，用她自童年起就牢记在心的祷文反复祈祷，实际上却鼓足全部力量——透过迷雾，透过巨大的空间，透过一切永恒莫名的东西——用两三段快乐的回忆为自己打气，以便日后能在葬礼上勇敢地亲吻丈夫的额头。

她从来不对马丁直接讲这方面的事情，但她总感觉到，透过她的声音和爱意，他们之间谈论的其他所有话语，都同样让马丁感受到了活在她心中的那份神性。马丁躺在隔壁房间里，故意打着鼾，免得母亲以为他没有睡。他也陷入了痛苦的回忆，也在试图理解父亲的死讯，并期望在黑暗的房间里捕捉到一丝死后的温情。他用心灵的全部力量来思念父亲，甚至还进行了一些试验，对自己说：如果现在地板上有一块木板发出吱嘎一声，或者有什么东西笃笃地被敲响，这就是说，他正在听我的动静并给我回应。马丁等待着敲击声响起，心里害怕起来。夜间闷热的空气让他备感难受，他能听见远处传来海涛声声，蚊子在耳边嗡嗡细鸣。或许，他会突然间十分清楚地看见父亲

① 俄罗斯人的人名系统由名字、父称和姓氏三部分构成，对成年人一般在正式场合用全称（名字 · 父称 · 姓氏），在生活中则喜欢互用简称、小称或爱称。

那张丰满的脸，他的夹鼻眼镜，剃了平头的浅色头发，鼻孔旁的一颗小肉瘤，还有那绕在领带结周围、由两条小金蛇构成的闪闪发亮的环扣。后来，等他终于入睡，他梦见自己正坐在教室里，手上还有一堆作业没做，丽达在一旁百无聊赖地挠着小腿，对他说："格鲁吉亚人不吃冰淇淋。"

四

无论是对丽达还是对她的兄弟，马丁都没有告诉他们自己父亲的死讯，因为他担心自己不能泰然自若地说出这件事，而流露出感情则是失礼的举动。自幼母亲就教育他，一个人的痛苦即使再深重，也会在人群中消散、退却，化作无形，与对话者的类似情感体验几无二致，因此，在众人面前公开讨论深刻的个人情感不仅庸俗，也是对感情的亵渎。她不能忍受墓地花圈的缘带上用银色写着“献给年轻的英雄”或“献给我们难忘的乖女儿”，指责那些循规蹈矩但又多愁善感的人，这种人失去至亲后，以为可以在大庭广众下哭得死去活来，可到了别的时候，在交好运的日子里，即使满腔欢喜，他们也绝不允许自己当着陌生路人的面露出笑容。大概在马丁八岁时，有一次，他企图把一条毛茸茸小狗身上浓密蓬松的毛剪光，结果无意中剪到了它的耳朵。他想说他本来只打算把小狗身上多余的乱毛剪掉，然后用颜料将它涂成老虎的模样，但不知为何这个解释让他难以启齿，他面对的是母亲无言的愤怒。索菲娅命令马丁褪下裤子，脸朝下趴下。他默默地照做了，她也默默地用黄褐色牛筋做的马鞭抽打了他，然后他拉上裤子，她帮他把裤子扣到小背心上，因为他一开始就扣歪了。马丁离开家去了公园，只有在那里，他才无所顾忌地痛哭了一场，将泪水倾洒在越橘树丛中，与此同时，索菲娅也在自己卧室里痛哭流涕。到了晚上，看见胖乎乎的马丁快快活活地坐在浴缸里，轻推玩弄着赛璐珞做的天鹅，她差点又哭起来。随后她站起身，给孩子背上抹肥皂，看见在他娇嫩的屁股上有好几条鲜红的鞭印。这样的体罚只发生过一次，索菲娅从未像法国和德国的母亲们那样因为一点小事而打孩子的耳光。

马丁很早就学会了克制流泪和不流露感情，在学校里他那种不动声色、无动于衷的神态使老师也感到惊讶。同时他也很快发现，自己身上有一种迫切需要掩盖的弱点。十六岁时，在克里米亚，这个弱点给他带来了一系列的痛苦折磨。马丁发现，有时候他非常害怕给人留下怯懦的印象，落得个胆小鬼的名声，而在他身上下意识发生的恰恰是胆小鬼才会有的反应——脸变得刷白，双腿打战，心也在胸腔里怦怦直跳。他暗自承认，自己缺乏那种与生俱来的沉着冷静，但不管怎样，他依然下定决心要在行动中表现得英勇无畏。与此同时，他的自负感和自尊心都大大地膨胀了。丽达的兄弟科利亚与他同岁，但发育不好，个子很小，瘦得皮包骨头。马丁觉得，自己不用特别费劲就能将科利亚撂倒在地。不过，一想到自己有可能打输，他仍然焦虑不安，想象中的失败令他深恶痛绝，以至于他从未想和同龄人科利亚进行摔跤比赛。相反，马丁却愿意接受伊万诺夫的挑战，后者是一位二十岁的骑兵军官，浑身肌肉硬朗饱满（半年后，他战死在梅利托波尔[①]城下）。伊万诺夫对马丁毫不手软，在一阵令人疲惫不堪的激烈扭打过后，最终满脸通红、咧嘴大笑的伊万诺夫将马丁压倒在草地上。还有一次，

① Melitopol，现乌克兰南部城市，在俄国国内革命战争和苏联卫国战争期间曾是重要的军事据点。

马丁从丽达家所在的阿德列伊兹别墅回家，那是一个克里米亚的温和夜晚，鞑靼人的土墙在月光下映射出如白垩般朦胧的浅色微光，反衬出柏树深蓝色的暗影。突然，在那条通往公路的碎石小径上，一个人影从他面前的拐弯处冒了出来，用低沉的声音问："谁在那儿？"马丁懊恼地注意到，自己的心脏在那一刻停跳了一拍。"啊哈，肯定是鞑靼佬戴德曼。"那个声音又说。紧接着，从阴影中浮现出一张男人的脸，慢慢地朝他逼近。

"我不是，"马丁说，"请让我过去。"

"我说你就是戴德曼-艾哈迈德。"那人坚持道。他的声音虽轻，口气却变得更加阴沉，在柔和的月光下，马丁发现他手里擎着一把巨大的左轮手枪。"听好了——站到墙边儿上去。"那人把威胁的口吻换成了平常的安抚口气。黑暗再次吞没了他那握着黑手枪的苍白的手，但一点闪光依然停在那个地方。马丁面前有两种选择，一是坚持解释清楚，二是窜进黑暗逃跑。"我想您是认错人了。"他尴尬地说，并报出了自己的名字。

"站墙边儿去！站墙边儿去！"那人厉声尖叫起来。

"这里什么墙也没有。"马丁说。

"那我就等它长出来。"那人莫名其妙地说，然后是一阵咯吱咯吱的碎石响动声，不知他是蹲了下去还是坐在了地上——在黑暗中根本看不清楚。马丁一直站在原地，感到整个左半边胸口似乎微微发痒，仿佛那支看不见的枪管正瞄准了那里。

"动一下我就打死你。"那人嘀咕着，还说了另外一些听不清楚的话。马丁站啊站啊，站了好一阵子，脑中苦苦思索着手无寸铁的冒失鬼如果处在他的境地会怎么做。他什么也想不出来，于是突然问：

“您想抽烟吗？我有烟。”

他不知道为什么嘴里会冒出这句话来，立即觉得羞愧难当，特别是他的提议也没有得到回答。于是马丁认为，唯一能挽回这句丢脸的话的做法便是径直朝那个人走去，如果有必要就把他撂倒，然后走开。他想到了明天的野餐，想到了丽达的大腿，那双像上了清漆一般被晒成金褐色的大腿，还想象着，也许是父亲在今天夜里等着见他，并为相见做着什么准备，同时马丁又感到对父亲有一种奇怪的敌意，后来他为此自责了好久。大海喧嚣，相隔同样的间隙发出沉重的浪潮拍击声，蟋蟀像上紧的发条，清脆的叫声此起彼伏，而在这片黑暗中站着他这么个傻瓜蛋。马丁这才发觉自己一直用手护着心口处，他猛然向前走去，心中暗想：这是他最后一次做胆小鬼了。什么事也没有发生。马丁在那人的脚上绊了一下，但那人也没有把脚收回去：他坐在地上，弓着背，垂着头，轻轻地打着呼噜，身上散发出一股浓烈呛人的酒味。

安全到家后，马丁痛痛快快地睡了一觉，第二天早晨，他走到爬满紫藤的凉台上，心里后悔没有解除那醉鬼的武装，不然他可以用这把缴来的手枪神秘地吹嘘一番。他对自己很不满意，在他看来，在遇到早就想面临的危险时，他根本就没有做好准备。以前，有多少次在梦里，他戴着面具，脚蹬长统靴，拦截驿站马车、载重货车和马上骑手，把商人的钱财分发给穷人！在他担任一艘海盗船的船长期间，他背靠主桅，一个人击溃了造反船员的进攻。他被派往非洲内陆寻找一位失踪的探险家，终于在一片无名之地的荒蛮森林中找到了对方，走近时还向人家鞠了一躬，显得非常克制。他从苦役劳改营中逃脱，涉过了许多热带沼泽，一直走到寒冷的极地，路上那些惊讶的企鹅纷纷立起身子朝他张望。他骑着大汗淋漓的骏马，挥舞着出鞘的马刀，第一个冲进发生叛乱的莫斯科。而现在，马丁会在回忆中自我美化这次荒诞而又相当平淡无奇的夜间遭遇，这件事与他在幻想中经历的真实生活相去甚远，就像一场乱七八糟的纷繁碎梦和真实饱满的现实生活有着天壤之别。有时候，在讲述做过的梦时，人们会不由自主地剔除、修饰、美化渲染一些情节，好把这个梦境提升到哪怕荒诞不经却又在现实生活中可能发生的地步。而马丁正好就是这样，在他讲述这次夜间遭遇的排练中（不过他可不想把这个故事公开），那个陌生人的头脑更加清醒，那把手枪更具威胁，而他自己的回答也变得更为机智了。

五

第二天，在马丁或与科利亚互传足球，或与丽达在海滨的砾石中寻找那些稀奇的小玩意（一块带有彩色斑纹的圆形卵石，一块因生锈而起粒的红褐色小马蹄铁，一片使他想起童年和比亚里茨海滩的被海水冲得光滑的浅绿色碎瓶玻璃）的时候，马丁对那场夜遇感到奇怪，怀疑这件事是否真的发生过，并越来越坚定地把它发生的地点挪到另一地方，在那里，他根据心灵的需求从世界中挑选出来的一切事物都生了根，开始成为美好而独立的存在。波浪变大了，泛起了泡沫，整个翻腾起来，延展开去，在砾石上奔逐，但它没有坚持住，在被冲击的小石子沉闷的响声中滑了回去，还来不及退尽，新的浪潮又带着同样流畅快乐的拍溅声掀了起来，挺直身子，到了最高处，形成一层透明的幕帘。科利亚把找到的一块木片扔得老远，让猎狐㹴狗[①]“女士”叼回来，“女士”一下子抬起前爪，在水中跳蹿，紧张地游起来。接踵而至的海浪挟住了她，有力地卷着她，然后安然无恙地把她送回岸上。然后她会把从海里抢回来的木片放在自己面前，急剧地抖动身子。丽达只在每天清晨与母亲和索菲娅一起游泳，当两个男孩子光着屁股在海里游泳的时候，她会退到一块悬崖上去（她称它为艾瓦佐夫斯基崖，以纪念这位画家的海景画[2]）。科利亚像鞑靼人那样翻滚着游，而马丁以游得快和姿势正确的自由泳为傲，那是在北方的最后一个夏天里，一位英国家庭教师教会他的。不过，无论是科利亚还是马丁都不会游出很远，为此马丁最甜美、最摄人心魄的幻想之一便是在遭遇海难后，在茫茫黑夜中的一片波涛汹涌、浩瀚空荡的海面上，他只身托起一位克里奥尔混血姑娘浮出水面，而就在昨晚，他还曾与这名女子在甲板上共舞，跳着轻快的探戈呢。游完泳后一丝不挂地躺在炽热的石块上，仰着头看着柏树像黑色的匕首般深深刺向云霄，真是惊人的愉快。科利亚是雅尔塔一位医生的儿子，全部生活都是在克里米亚度过的，他把这些柏树、令人充满激情的天空，还有那像长着闪光鳞片似的、蓝得出奇的大海都看作是日常应有的东西，因此马丁很难把他吸引到自己喜爱的游戏中来。在马丁的想象中，科利亚也恰好流落到了那一座荒无人烟的岛屿上，后来成了那位混血姑娘的丈夫。

晚上，他们通过柏树构成的狭窄长廊登上阿德列伊兹。这座大得出奇的别墅有许多阶梯、过道和回廊。它建得很是巧妙，有时候让人无论怎样都无法确定自己身在哪一层楼，因为沿着某段阶梯向上走，你会突然发现自己不是在顶楼，而是在花园的露台上。别墅里已经透出黄色的煤油灯光，从主阳台上传来说话声和杯盘声。丽达转到成人圈里去了，科利亚饱餐之后马上倒下睡觉了，马丁坐在黑暗中的底层台阶上，一边吃着掌心里的甜樱桃，一边倾听着欢乐快活的话语、伊万诺夫的哈哈大笑、丽达那喋喋不休的安逸闲话和她父亲与口吃却

---

① fox terrier，一种传统的英国㹴类猎犬，体型小，善挖掘地穴，专用于驱逐小型野兽，现已演变为漂亮的玩赏犬。

② Ivan Aivazovsky（1817—1900），亚美尼亚裔俄国现实主义风景画家，以海景画最为著名，代表作有《九级浪》《黑海》《贩货的牛队》等。

爱唠叨的画家丹尼列夫斯基之间的争论。总的来说，这里经常有许多客人——戴着艳丽头巾、哧哧傻笑的姑娘，雅尔塔的军官，还有在去年冬天红军进攻时集体逃进山里、惊慌失措、上了年纪的邻居们。他一直弄不清楚是谁带谁来的，谁与谁交好，但是丽达的母亲，一位披着披肩、戴着眼镜的低调妇人，却总是表现出无限的好客。于是有一天，阿尔卡季·扎良斯基也来了。他又高又瘦，脸色死白，和剧院里的戏班子有着这样那样的联系——他也是那群行为荒唐的人之一，这些人在前线巡游表演配乐朗诵，在小城毁灭前夜组织戏剧演出，潜逃出城去购买肩章却又从未跑出多远，结果反而奇迹般地为《爱之梦》的最后一幕戏搞到了一顶大礼帽，回来时高兴得直喘气。他有点秃顶，从侧面看很有活力，但是一转过正脸就显得不怎么俊朗了：烂泥色的深褐眼珠，眼窝下眼袋鼓胀，嘴里还少了颗门牙。至于性格方面，他这个人倒挺温和，心肠好，重感情，当夜里大家出去散步时，他就用天鹅绒般柔和悦耳的男中音唱道：

还记得吗——我们曾经坐在海边，
看那落日的余晖染红了天空。

或是在黑暗中讲一则亚美尼亚笑话，同样有人会在黑暗中发出笑声。第一眼看见他，马丁就惊讶地，甚至有些害怕地认出，他就是那个让自己站到墙边、要枪毙自己的醉汉，但扎良斯基看来什么也不记得了，所以那个戴德曼到底是什么人仍是不解之谜。扎良斯基是个不同寻常的酒鬼，喝醉后就大闹一通，而那把有一次重新出现的手枪——那是在雅尔塔高原上野餐的时候，在一个沐浴着月光、散发着麝香葡萄酒气味的夜晚，蟋蟀声不绝于耳——原来是把没有子弹的空枪。扎良斯基叫喊、威胁、低语了很长时间，讲着自己不幸的爱情。有人给他盖上一件军大衣，他便睡下了。丽达靠近篝火坐着，用手掌撑着脸，她凝视着蹿出的火星，火光在那双映成褐红色的闪亮眼睛里跳动。过了一会儿，马丁站起来活动双腿，沿着绿草丛生的斜坡向上走，走近了悬崖边。在他脚下是一道黑暗宽阔的无底深渊，而在深渊后面就是大海，一轮满月从海平面上初升，仿佛在将海面抬高，愈拉愈近，海中有一条月色溶溶的“土耳其小径”延向地平线，变得越来越窄。左边，在黑暗中，在神秘的深处，是雅尔塔城内钻石般璀璨的闪烁灯火。马丁转过身，看见稍远处的篝火上蹿动的火苗，它周围人们的身影，还有往火里投树枝的手。蟋蟀不停地叫着，刺柏燃烧发出的阵阵芳香不时飘来，在黑乎乎的高山草原上方，在丝绸般柔滑的海面上方，笼罩一切、广袤浩瀚、星光闪烁的灰蓝色天空令人头昏脑涨。马丁突然又体验到了童年时不止一次体验到的感觉——他的所有感官知觉都变得异常敏锐，令他难以忍受，他的胸中奔涌着一股神奇而迫切的冲动，另外还有别的什么东西，只要有了它，马丁就觉得自己不会虚度此生。

六

大海中这条闪闪发光的道路，像儿童房墙上的水彩画里那条森林中的小径一样，同样非常诱人，而在这片神秘未知的无边黑暗中，雅尔塔城内的簇簇灯火又使马丁想起了童年时见过的东西：在法国乡间行驶的南方快车上，年仅九岁的他只穿着一件衬衫，脚跟冰凉地跪在车窗前。索菲娅安顿好儿子睡下后去了餐车，与丈夫坐在一起，而女仆在上铺睡得正沉。狭窄的包厢里一片昏暗，只有罩着蓝色尖顶灯罩的夜灯透出微光，灯罩上的流苏摇晃着，车厢壁发出阵阵轻微的干裂声。马丁从被窝里钻出来，顺着毛毯爬到车窗前，抬起皮质窗帘——他必须先解开一粒扣子，这样窗帘才会平展地滑上去。他打着寒战，膝盖酸痛，却不肯从窗前离开，窗外的黑夜在群山斜坡中奔驰。就在这时，他突然看见了现在他在克里米亚高原上回忆起的东西——远方的一小簇灯火，就在两座黑色的山冈之间，一会儿隐没，一会儿显现，后来又在一个完全不同的方向闪露，突然间又消失了，仿佛有人用黑头巾把它盖起来了似的。不久，火车减慢了速度，停在一片漆黑之中。车厢里开始响起无可名状的奇怪声音：什么人的喃喃声，咳嗽声，后来走廊里还传来了母亲的声音。爸妈从餐车回来了，在回隔壁包厢的路上，他们可能会来看我一下——想到这里，马丁便一骨碌溜进了被窝。过了一会儿，火车开始动弹，却又马上长叹一声，夹着一声呲呲的轻响，松了口气，彻底停住了，同时几道苍白的光带慢慢扫过黑暗的车厢。马丁爬回车窗前，看见窗外是灯火通明的月台，一个人推着铁质行李车经过，发出低沉的车轱辘声，行李车上装着一只板条箱，箱子上写着“易碎品”这个神秘的字样。许多蠓虫和一只大蛾子围着煤气灯打转。一些人在月台上拖着脚步边走边谈，听不清在说些什么。这时减震器发出咣当一声，火车开动了。站台路灯从窗前扫过，又消失了。一座内部灯火通明、装有一排操作杆的小房子也过去了。火车在切换轨道时轻轻晃动，窗外的一切变得漆黑，又只剩下奔驰的夜。不知从哪里突然又出现了熟悉的灯光，已经不是在两座山冈之间，而是仿佛近得多、明显得多。火车头发出一阵长长的哀鸣，仿佛它也舍不得将这些灯光抛在身后。一声尖锐的巨响——对面一趟列车迎头呼啸而过，然后又立即消失了，就好像根本没有存在过似的。黑夜绵延，捉摸不定的灯光渐渐稀少，终归虚无。

待这些灯光最终消失后，马丁拉好窗帘，躺下睡觉。第二天他醒得很早。火车开得更为平稳顺畅，仿佛已经适应了快速奔驰。解开窗帘的时候，他感到一时间有些头晕，因为大地在朝与昨夜相反的方向奔跑，早晨晴朗的天空那灰白色的光也出乎意料，山坡上则全是油橄榄梯田，在他眼里十分新鲜。

一家人坐上雇来的四轮敞篷马车，从车站前往比亚里茨，道路上尘土飞扬，路旁的黑莓也蒙上了尘土。马丁心中充满了疑问，因为这还是他第一次见到黑莓，而那座车站又不知为什么叫做“黑妞站”。今天，十六岁的他不断比较着克里米亚的海和比亚里茨的海：是的，比斯开湾里的海浪更高，拍上岸的浪花更猛，身材肥胖的巴斯克人[①]救生员穿着总是湿漉漉的游泳衣（父亲曾说，这是个“叫人送命的职业”），牵着马丁的手带他到水浅的地方，然后两人转身背朝拍岸浪，一个巨浪咆哮着从后面袭来，将整个世界淹没在水里，翻个底朝天。在前方第一片平滑如镜的狭长海滩上，一名面色黝黑、下巴上沾着几缕花白头发的妇女迎接着游完泳的人，给他们在肩头搭上一块毛茸茸的浴巾，而稍远处，在散发着沥青味的小屋里，侍者帮助泳客们脱下粘在身上的衣服，端上一盆几乎滚开的热水，让他们泡脚。然后，一家人穿好衣服，坐在海滩上——母亲戴着一顶白色的大帽子，坐在褶边白伞下，父亲也在伞下，但那是一把浅黄色的男式阳伞，而马丁穿着条纹背心，戴着一顶晒黑的草帽，帽子顶部的丝带上写有“皇家海军不可战胜”的英文字样。他将短裤卷到大腿根，用沙子堆砌城堡，还在周围挖出壕沟。一个头戴贝雷帽的华夫饼干小贩从他身旁走过，手里咯吱咯吱地转动着装着商品的红色铁皮桶的把手，那些又大又卷、混着飞沙和海盐的华夫饼干，至今仍是马丁对那段日子最鲜明的记忆之一。在海滩后面，在被风雨天的海浪冲刷坏的石砌步道上，一个冒失无礼、浓妆艳抹、年老色衰的卖花女把一朵康乃馨插进父亲白色上衣的扣眼里，而父亲这时会鼓起下唇，把有皱纹的下巴压向翻领，温和而滑稽地看着这一幕。

可惜的是，他们九月底就离开了欢乐的海滨和白色的别墅（别墅花园里有株遍布瘤节的无花果树，却一直不肯结哪怕是一个成熟的果实）。归国途中，他们在柏林停留了一阵，在那里，男孩们穿着旱冰鞋

---

① Basque，住在西班牙与法国的比斯开湾边界地区和比利牛斯山脉西麓的民族。

在柏油马路上辘辘响地滑行，偶尔甚至也会有腋下夹着公文包的大人这么做。那里有令人惊叹的玩具商店（火车头，隧道，高架桥），有位于城郊和选帝侯大街[①]上的网球场，有冬季花园里绘着星空夜景的天花板，还有在晴朗凉爽的日子里乘坐白色电车、前往夏洛滕堡的松林游览的一次旅行。

在边界换乘火车时，马丁忽然想起，自己把钢笔杆忘在原来的车厢里了，那笔杆上有一片小玻璃，如果把眼睛贴近它看，眼前会呈现出一片混杂着蓝色和珍珠母般银灰色的风景。然而，当他们在车站里用午餐（榛鸡肉和越橘酱）时，列车员把失物送来了，父亲给了他一个卢布。俄国边境内到处是积雪和冻霜，非常寒冷，煤水车上堆起了山一般高的柴火，深红色的俄国火车头配着扇状扫雪机，大量的白色蒸汽从巨大的烟囱口里蹿出来，滚滚上升。北方快车在韦兹博洛沃车站全变成了俄式风格，车厢保留了咖啡色的饰面，但风格变得更加庄重，侧面很宽，供暖很足，制动后火车需要花很长时间积累动力重新启动，而不是马上就能全速运行。在浅蓝色的走廊里，坐在靠窗口的活动座位上很是惬意，脖颈粗壮、穿着咖啡色制服的胖列车员经过时还轻抚了一下马丁的脑袋。窗外绵延着白色的田野，黄花柳挺立在雪地上。在一处道口栏杆旁，站着一位穿着毡靴、手里拿着绿旗的妇女；一个农民从雪橇上跳下，用手套遮住向后退的马的眼睛。夜里，马丁看到了一幅奇特的景象：在如镜子一般的黑色玻璃窗外，掠过成千上万点火光，看上去就像一只喷火的笔尖点出的无数个火红色小箭头。

---

① Kurfürstendamm，中文又称“库达姆大街”或“裤裆大街”，是德国首都柏林最著名的大道之一。这条街得名于昔日的勃兰登堡选帝侯。这条大街既宽又长，两边到处都是商店、住宅、酒店和餐馆，可以说是柏林的香榭丽舍大街。

七

从那一年起，马丁狂热地爱上了火车、旅行、远处的灯火、伸手不见五指的黑夜中火车头那撕心裂肺的呼号，还有那转瞬即逝的地方小站给人留下的鲜明印象。一九一九年四月，马丁和母亲离开了克里米亚。他们乘坐的加拿大货轮自身发出的颤动，舵链的咯咯声，离开码头的缓慢行程，阴霾的大海，斜打的雨——这一切都不像乘坐快车时那样，能一下子使人产生一种上路的激动心情。这种心情是渐渐滋生的。马丁深刻地体验到了这种新的魅力。一位年轻女子在甲板上走来走去，她身穿一件凌乱的雨衣，脖颈上系着条黑白相间的围巾，不时将滑到脸上让人发痒的头发吹开去。之前她那位面色苍白的丈夫一直陪在她的身边，但现在大海让他甘拜下风了。她的体态，她那飘拂的围巾，让马丁燃起了旅途中的激情，就像以前父亲在车厢里戴的方格鸭舌帽和麂皮手套，或者是那个法国小女孩肩上的鳄鱼皮包（与她在飞驰中的快车的长廊上溜达非常愉快）也曾经让他深深着迷一样。只有这位年轻的夫人看上去才像个真正的旅游者，不像别的乘客，是轻率租下这条船的船长在打得火热的克里米亚寻不到货物，为了避免空船而返才同意载上他们的。尽管行李很多，但还是仓促收拾好了，绳子代替了皮带捆扎，不成形状，不知为什么造成一种印象——所有这些人都是轻装上路，偶然离去。长途旅行无法排解他们心中的困惑和沮丧。他们是在逃离致命的危险。瞧那个脸色死灰、贴身腰带里藏有不少钻石的投机商人，他要是留在岸上，碰到第一个贪财的红军士兵就会被当场打死——马丁自己似乎倒不用为这种事情担忧。俄罗斯的海岸就这样无声无息、干干脆脆地消失在雨雾中，没有留下任何漫长而不可思议的别离标记。马丁几乎是用无动于衷的目光送别这条海岸的，待一切都消失在雾中后，他才突然热切地回忆起了阿德列伊兹别墅、那些柏树和令人愉快的房屋，那里的住户会对焦虑不安的邻居那令人震惊的问题回答说："逃亡？可是不在克里米亚，我们又能在什么地方生活？"对丽达的回忆与那时他们真正的关系有所不同：他回想起，有一天她抱怨蚊子叮，搔着晒黑的小腿肚上发红的地方，他正想手把手教她怎么用指甲在被蚊子叮肿的地方画个十字，她却无缘无故打了他的手。他还想起了那次告别：当时他们俩不知说些什么好，便一直提起去雅尔塔城里买东西的科利亚，直到他终于回来时才松了口气。丽达的脸蛋瘦长而精致，有点像扁角鹿，现在这张面容困扰着马丁，让他着迷不已。马丁有时会躺在船长室里的长沙发上（他和船长已经成了好朋友），一台挂钟在他头上滴答作响，或者在肃穆寂静中与大副一起放哨值班。大副是个因天花而长出一脸麻子的加拿大人，很少说话，说起话来声音又特别含糊。但有一天，他对马丁说，老海员从来都是些不安分的人，他们的儿孙可以坐在家里无所事事，可做爷爷的却不能不外出闯荡（"咱这把老骨头还是喜欢泡在海里"）。马丁听了只觉得心头袭上阵阵神秘的寒意。后来，对所有这些航海中的新鲜事物、浓烈的船油味、船体的摇晃颠簸和各种奇怪类别的面包（其中有一种吃起来像俄国的圣饼），马丁都慢慢地习惯起来，但他还是要自己相信，他之所以在海上漂泊是出于忧伤，他这是在哀悼自己不幸的爱情。然而，没有人能从他那经风吹日晒，已然变得粗糙的平静面孔上猜出他内心的痛苦。一些神秘的特别人物出现了。一位是将这条船包租出去的人，他来自加拿大新斯科舍省[①]，是一位忧郁的清教徒，他的雨衣挂在船长那坏得没法修理的厕所中，就在马桶座板上方晃荡。另一位是二副，姓帕特金，是个生于敖德萨的犹太人，尽管他说着美式英语，却还能模模糊糊地听懂一点俄语。海员中有一个人叫西尔维奥，是西班牙裔美国人，总是赤脚走来走去，随身带着把匕首。有一天，船长的一只手受了伤，起先他说这是猫抓的，但后来出于友谊告诉了马丁实情：因为西尔维奥在船上酗酒，他揍了西尔维奥一顿，拳头打在西尔维奥嘴上，被牙划破了口子。马丁就这样开始了解海员的生活。船体复杂的建造结构，以及所有那些楼梯、迷宫般的通道和弹簧门，都很快向他泄露了自己的秘密，后来他很难再找到未知的角落了。与此同时，那位戴着条纹围巾的夫人，仿佛和马丁一样有求知欲，不时出现在最意料不到的地方，她总是头发蓬乱，凝望远方。她的丈夫穿着无领衬衫，已经在铺着油布的床位上闷闷不乐地躺了一天多了，而在另一个铺位上躺着索菲娅，她的唇间含着一瓣柠檬。有时马丁也会感到身体不适，仿佛胃里有个空虚的黑洞，还有一种头重脚轻的不稳定感，而那位夫人却不屈不挠，马丁已把她选为遇上灾难时要出手救助的对象了。不过，尽管海上波涛汹涌，船还是

① Nova Scotia，位于加拿大东南部的一省，由新斯科舍半岛和布雷顿角岛组成，省会是哈利法克斯市，是早期欧洲人移民加拿大的登陆点，也是历史上英法殖民者利益争夺的焦点地之一。

在一个寒冷、阴晦、乳白色的黎明平安抵达了君士坦丁堡[1]的港口。突然，一个湿漉漉的土耳其人出现在甲板上，帕特金认为隔离检疫是双方的事，便朝对方喊道：“老子要淹死你！”甚至拔出手枪威吓他。第二天，他们继续航行，驶进了马尔马拉海，博斯普鲁斯海峡在马丁的记忆中没有留下任何印象，他只记得三四座在雾中看起来像工厂烟囱的清真寺宣礼塔，还有那位穿着雨衣的夫人的话音，她望着阴沉的海岸，大声地自言自语。马丁留心偷听了一下，听出“紫晶色的”这个形容词，但随后又觉得自己肯定是听错了。

① 伊斯坦布尔（Istanbul）的旧称，土耳其最大城市和海港，曾为拜占庭帝国、奥斯曼帝国首都，后为土耳其共和国首都，直至1923年。

八

离开君士坦丁堡后，天空明朗起来，尽管大海还是像帕特金所说的那样“波涛滚滚”。索菲娅冒险走上过甲板一次，随即又回到了船舱里，还说，五脏六腑不得不听命于船头的起伏而起伏——世上没有比这更让人受不了的事了。那位夫人的丈夫呻吟着，质问着上帝何时才能终止这场颠簸，然后哆嗦着双手急忙去抓呕吐盆。马丁的母亲斜倚在床上，握住马丁的手，马丁觉得，如果他不马上离开，他也会恶心呕吐起来。这时，那位夫人一边抖搂围巾一边走进来，用同情的口吻问了丈夫什么。她的丈夫双目紧闭一言未发，只用手掌在喉结处做了个俄国式的抹脖子动作（那意思是：我正在活受罪）。于是她又向索菲娅问了同样的问题，后者用一个痛苦的微笑作为回答。“您看上去好像也不大舒服。”那位夫人又朝马丁严肃地瞥了一眼。接着她身子晃了一下，把围巾的一端甩过肩，走出舱去。马丁跟在她后面，当清风扑面而来、眼前展现出泛着朵朵浪花的明蓝色大海时，他感觉好受了些。她坐在盘成圈的粗缆绳上，往一个摩洛哥山羊皮封面的小本子里写东西。几天前，有一位乘客这样评论她说：“那娘们[1]还不赖。”马丁愤怒地转过身去，却未能在身后那几位竖着衣领、一脸沮丧的中年男子里认出那个流氓。现在，看着她一边飞快地在纸页上晃动铅笔，一边不停地舔着红嘴唇，他有点发窘，不知道说什么好，只觉得嘴唇上有股咸味。她不停地写着，似乎没有注意到他。然而，马丁那张漂亮的圆脸蛋，他那不满十七岁的年龄，还有那端正的举止和体形——这种气质在俄国人身上经常能够见到，却不知为什么被看作是"英国派头"——就是这个穿着蓝色束带外套的马丁，已经在这位夫人心里留下某种印象了。

她二十五岁，名叫阿拉，创作诗歌——这三点似乎必然会使这名女子倾倒众生。她最喜爱的诗人是保罗·热拉尔迪②和维克托·戈夫曼③，两位平庸的时髦诗人，而她自己的诗作华丽动听、挑逗刺激，对男主人公总以敬称相呼（是"您"而不是古语"汝"），闪耀着如血红的红宝石一般的光彩。其中有一首诗不久前在圣彼得堡上流社会取得了极大成功。它是这样开头的：

紫色的丝绸上，帝国的帷帐下，您
贪婪地吮吸、爱抚我的胴体，我们
明日就会死去，在火焰中化为灰烬，
我们美丽的躯体将和沙粒混在一起。

太太们争相传抄这首诗，熟记并背诵它，有一个海军士官生甚至

① broad，口语中尤指放荡的女人。
② Paul Géraldy（1885—1983），法国诗人、剧作家，主要创作描写家庭内部生活的诗篇，代表作有《你和我》。
③ Victor Gofman（1884—1911），俄国诗人、记者，其作品在20世纪初流行一时，后自杀身亡。

还为它谱了曲。她十八岁出嫁，有两年多是忠于丈夫的，但周围的世界充满了如红宝石般诱人的罪恶：胡须刮净、面颊光洁的痴心情郎会在她家的窗台下殉情——在周四傍晚七点，在圣诞节前的午夜，或是在凌晨三点；日期冲突混乱，很难保证所有那些幽会都能顺利进行；有位大公为她神魂颠倒茶饭不思；拉斯普京[1]曾打电话骚扰过她一个月。她有时说，她的人生不过是一缕轻烟，从散发着琥珀香气的列日牌香烟上燃起。

所有这一切马丁全然不理解。他对她的诗歌感到困惑。当他说君士坦丁堡根本不是紫晶色时，阿拉反驳说他缺乏诗意的想象，并在抵达雅典后送给了他一本皮埃尔·卢维的《比利蒂斯之歌》[2]，廉价版，上面有些裸体少女的插画。黄昏时分，她在卫城（可以说在最合适的地方）为他朗读，意味深长地念着法语。她说话时，马丁特别喜欢她发“r”这个小舌音，余韵悠长，仿佛这不是一个发音，而是一整条画廊，并且似乎还嫌不够绵延，还有水中倒影作为陪衬。在这位名字难记的夫人身上，他发现的不是法国式的寻欢作乐、圣彼得堡充斥着吉他声的白夜或是带着五个扬抑抑格诗段的十四行诗，而是非常不同的其他东西。在轮船上不知不觉开始的交往在希腊、在海边、在法利隆[3]的一家白色宾馆里继续着。索菲娅和儿子得到了一个很糟糕的小房间，唯一的一扇窗户朝向尘土飞扬的院子，那里从黎明时就会响起各种各样

① Rasputin（1872—1916），俄国历史上最受争议的传奇人物之一，神秘主义者，俄国末代沙皇尼古拉二世及亚历山德拉皇后的不二宠臣，因其权倾朝野、严重扰乱国家内政且私生活极度荒淫糜烂，被王室贵族集体刺杀身亡。

② Pierre Louÿs（1870—1925），法国巴尔纳斯派象征主义唯美派作家，集小说家、诗人、编辑、藏书家于一身。1894年，出版散文诗集《比利蒂斯之歌》，成为其传世名著。后被著名作曲家德彪西谱成多首乐曲，又于1977年搬上银幕。

③ Phaleron，位于希腊共和国首都雅典市西南5公里处的一片滨海郊区。

人们开始准备工作的烦人噪声、早起家禽的翅膀扑扇声和其他声音，一只小公鸡开始声音沙哑却精神十足地打着鸣。马丁睡在蓝色的卧榻式硬沙发上，索菲娅的床铺又窄又晃，床垫也凹凸不平。房间里唯一来自昆虫王国的代表是一只形影相吊的跳蚤，虽然只有这一只，但它胃口贪婪，又非常灵活狡猾，马丁根本捉不住它。阿拉很幸运，被安置在一个有两张单人床的好房间里，她提议让索菲娅住到她那里，而让她丈夫换到马丁那儿去。索菲娅连说了好几次“这怎么能行呀，这怎么能行呀”，最后还是开心地同意了，当天就搬了过去。切尔诺斯维托夫是个大个子，人长得又高又瘦，满脸阴郁，他一搬进来，整个房间仿佛就都被他填满了。他的血大概立即毒死了那只跳蚤，因为后来它再也没有出现过。他的梳妆用具（一面中间有道裂纹、将其一分为二的小镜子，古龙香水，还有一把他总是忘记漂洗的小刷子，刷毛被凝固的泡沫粘在一起，整天搁在窗台上、桌子上或是椅子上）让马丁感到很是无奈。每到晚上躺下睡觉前，马丁都必须清理自己的沙发床，把这个男人的各式各样的领带和网眼汗衫拿开，这种侵犯领地的举动尤其令马丁忍无可忍。脱衣服的时候，切尔诺斯维托夫无精打采地挠着身子，张大嘴打哈欠，接着把一只赤裸的大脚搁到椅子边上，把手插进头发里，就以这种不舒服的别扭姿势躺着不动了，然后他又慢慢地折腾起来，给手表上发条，在床上躺下，躺了很长时间，一边发出一阵一阵的哼哼声和呻吟，一边在床垫上滚来滚去。过了些时候，在黑暗中响起了他的梦中呓语，说的总是同一句话：“拜托，我的孩子——别污染空气。”早晨去散步时，他总是一成不变地说：“抹点祛粉刺的面霜吧，它对您这个年龄的人是必不可少的。”穿衣服时，他一边挑选着破洞不在脚后跟而在大脚趾上的袜子——保证别人看不到—— 一边还引用一位流行诗人的话感叹道："哎，是啊，我们年轻时也是小猎犬。"接着他透过牙缝吹起了口哨。所有这一切都很乏味，并不可笑，但马丁还是有礼貌地微笑着。

然而，意识到某种风险依然存在，这多多少少对马丁是一种安慰。没准就在哪天夜里，在一个泄露秘密的梦中，他会口齿清楚地叫出一个全元音的名字，而没准在哪天夜里，这位恼羞成怒的丈夫就会偷偷摸上来，手里攥着把开锋的剃刀。当然了，切尔诺斯维托夫用的是安全剃刀：对这件小用品，他也像对那把小刷子一样马虎，而在烟灰缸里总会有一块生锈的刀片，刀片边上凝结着带有黑色毛发的泡沫。他那阴郁沉闷的枯燥谈话让马丁觉得他怀有深深的却又克制着的嫉妒。他去雅典城内打理生意，一去就是一整天，这不能不让他怀疑他的妻子正在单独与那位温厚、平静但又精于世故的年轻人厮混（马丁自认为是这样的人）。

九

天气非常炎热，沙尘也很大。咖啡馆里送来的是一小杯黑色的甜黏糊，配一大杯冰水。在海滩的围墙上，写有一位俄罗斯女高音歌唱家名字的广告牌变得破破烂烂。开往雅典的电车发出轻柔的轰隆声，在这悠闲乏味的白日里回响，然后一切又静寂下来。雅典城里冷冷清清的小房子让人想起在德国巴伐利亚的小城镇。远处黄褐色的山峦风景奇美。在雅典卫城，在破碎的大理石中，苍白的罂粟花在风中颤动。在街道正中央，仿佛偶然似的出现了铁轨，上面停着去度假宾馆的火车车厢。花园里的橙子正在成熟。空地上雄伟地竖着几根圆柱，其中一根倒下了，断成三截。所有这些剥落破碎的黄色大理石都转归大自然管辖了。马丁所住的宾馆，虽然在指定年限内还会保持着新面貌，到时候也会面临同样的命运。

与阿拉在海滩上时，马丁欣喜而又冷静地对自己说，他正在一片遥远而可爱的异国土地上，这对恋爱而言是多好的调料，和一位头发吹乱、开怀欢笑的女子并排站在风中又是多么幸福。曾经鼓满尤利西斯的船帆的海风，现在一会儿吹起她那鲜艳的裙子，一会儿又使它贴住她的膝盖。有一天，阿拉与马丁在不平整的沙地上漫步，她绊了一下，马丁扶住了她，她抬起脚后跟，越过肩膀朝后匆匆投去一瞥，看了看鞋底，然后又绊了一下，马丁终于下定决心，吻住了她那半启的芳唇。在这相当笨拙的漫长拥抱中，他俩都差点失去平衡摔倒在地。她挣开拥抱，大笑着说，他吻得太湿了，应该好好学一学。马丁羞愧地察觉到自己双腿打战，心也怦怦直跳。他恼恨自己太激动，想起了有一次在学校打架后，同学们冲他喊着："快瞧啊，他脸都白成那样儿了！"不过，这是他人生中的初吻——眼睛闭拢，深情万分，内心悸动，具体的来由当时他没有立即明白——如此美妙，如此慷慨地满足了他的预感，以至于他对自己的不满很快就烟消云散了。这个刮着风的白天在许多个热切的激吻和姿势改进中度过了，到了晚上，马丁感到精疲力竭，仿佛自己拖过许多原木似的。当阿拉在丈夫的陪伴下走进餐厅时，他和母亲正在剥橙子，她坐到相邻的一张小桌旁，灵活地打开折成锥形的餐巾，手轻轻一扬，餐巾就落到了自己膝盖上，然后就连同椅子一起移近餐桌。马丁的脸上慢慢透出了红晕，很长时间里他都没有勇气去迎接她的视线，而当他终于朝她看去时，她的目光中并没有流露出回应的困窘。

马丁那不可抑止、如饥似渴般的想象与童贞无法协调。"不洁"的幻想在过去两三年里一直困扰着他，他也不太抗拒这些幻想。最初，从他早年钟情起，这些念头就独立存在了。当时，在圣彼得堡一个令人难忘的冬夜，在家庭演出结束后，还化着妆、描着眉、穿着俄式白色斜领衬衫的他与同龄的表妹躲进贮藏室里，反锁上门，她也化着妆，眉毛上方裹着一条头巾。他握着她那潮润的小手，深切感受到了自己行为的浪漫，但是他并未因此而激动兴奋。当梅恩·里德[①]笔下的主人

---

① Mayne Reid（1818—1883），爱尔兰裔美国著名小说家，其创作的西部冒险题材作品如《无头骑士》《头皮猎手》等广受儿童喜爱，曾深刻影响了柯南·道尔、弗拉基米尔·纳博科夫等多位后辈著名作家。后文典故出自《无头骑士》。

公莫里斯·杰拉尔德紧挨着路易丝·波因德克斯特的马停住坐骑，搂住这位金发克里奥尔姑娘的柔软腰肢时，作者在这里自己感叹道："还有什么能与这样的接吻相比呢？"类似的事物给马丁带来了更大的快感。通常能燃起他欲火的都是些遥远、禁忌、含混的事物，无论是汉密尔顿夫人[①]的画像还是凸眼睛的校友那关于"烟花柳巷"的喃喃低语，只要它们模糊不清，可以让他调动想象力去还原各种细节就行。现在雾变得稀薄了，他看得更清楚了。马丁过于沉溺在那些感官知觉中，没有在意阿拉说过的话："我对你将是一个迷人的梦"，"我是个会疯狂纵欲享乐的人"，"你永远不会忘记我，就像一个人'不会忘记很久以前读过的一本旧小说'（你知道这首歌吗？）"，"不要对你未来的情人说起我，永远不要"。

至于索菲娅，她对这种状况感到既满意又不满意。某个熟人矫揉造作地向她报告说："今天我们出去散步，在路上看见他了，真的，我们看见了——和女诗人手挽着手——您的孩子完全陷进去了。"索菲娅回答说，在他这个年龄嘛，所有这一切都非常自然。她为马丁这么早就表现出了男子汉般的英勇激情而骄傲，但她也无法忽视这一事实：尽管阿拉是一位甜美和蔼的年轻夫人，但正如英语老话里说的，她或许有些过于"放浪"了。索菲娅原谅了儿子的荒唐举动，却没有原谅阿拉那迷人的粗俗气质。幸好，他们在希腊的逗留已近尾声：丈夫的堂弟亨利·埃德尔韦斯近日应该会从瑞士寄来回信，因为她给他写过

① Lady Hamilton（1761—1815），英国历史上一位备受争议的女子。她出身贫寒，在成为汉密尔顿夫人前曾沦落风尘，后于1791年嫁给英国驻那不勒斯王国公使威廉·汉密尔顿爵士。她曾是惊艳那不勒斯的交际花，被誉为"英伦第一美女"，于1798年结识有妇之夫、英国著名海军将领霍雷肖·纳尔逊将军后与其热恋同居，作为"纳尔逊将军的情妇"而名留青史，同时也因这段不伦之恋而为当时的世人所不齿。

一封非常坦率又难以下笔的信——告知丈夫的死讯，也告知钱财已经耗尽。亨利在俄罗斯曾拜访过他们，他对她和丈夫很友好，也爱侄子，总被认为是个正直慷慨的人。“马丁，你还记得亨利叔叔最后一次来看我们是什么时候吗？无论如何是在之前，对吗？”这个“之前”总是缺少一个中心词，它表示的是在那场争吵之前，在与丈夫分居之前，于是马丁也会说“之前”或“之后”，不用明确指出什么。“我想是在之后。”他回答。他想起亨利叔叔如何来到他们的乡间住宅，和索菲娅单独谈了很长时间，后来走出来时红着眼睛，因为他好流眼泪，甚至在电影院里也会哭。“是啊，当然了——我真傻。”索菲娅飞快地说。她突然想起了他的来访，想起他们对她丈夫的谈论，想起亨利劝导她应该与丈夫和解。“你对他记得很清楚，是吗？每次他都给你带些东西来。”

“最后一次是室内电话机。”马丁说完做了一个鬼脸：那部电话安装起来很是无聊，等它终于装好，从儿童房通到他母亲的卧室里后，却很不好使，后来就完全坏了，与叔叔过去送的其他礼物一起被扔掉了，就像《瑞士家庭鲁滨孙》这本书，和真正的《鲁滨孙漂流记》相比简直一点意思也没有，或者是铁皮做的货运小火车，它还惹得马丁偷偷落下失望的眼泪，因为他只喜欢客运列车。

“你干吗做鬼脸？”索菲娅问。

他解释了，她大笑着说“是的，是的”，同时想起了马丁的童年，想起了许多一去不返、无法解释的事情，在这种沉思中有一种隐隐的迷人惆怅：一切都过得多么快啊！……想想吧——他已经开始刮胡子了，开始保养干净的指甲了，还有那条淡紫色的漂亮领带，那个女人……“那个女人非常可爱，当然了，”索菲娅说，“不过你不觉得她有点太活泼了吗？你不应该这么神魂颠倒。告诉我——不，我还是不要问你任何私事的好。只不过，据说她在圣彼得堡是个非常风骚的女人。可别告诉我你真的喜欢她的诗，喜欢那种女人的妖魅，她念诗非常矫揉造作。听说你们已经发展到了——我不知道——牵手或做其他什么事的程度，这是真的吗？”

马丁神秘莫测地笑了一下。

“我敢说你们之间什么事也没有。”索菲娅狡黠地说，她含着爱意欣赏着儿子同样狡黠的闪亮眼睛，“我敢肯定什么事也没有发生。你还不够大呢。”

马丁大笑起来，她搂住他，在他脸上留下了贪婪湿润的一吻。这一切都发生在一张花园桌旁，在宾馆前的阳台上，在大清早。天气很是宜人，万里无云的天空中蒙着一层薄雾，就像在豪华版童话书里的一幅异常鲜艳的卷首插画上有时会蒙着一张透明纸那样。马丁小心翼翼地取出这张半透明的纸——看哪，一位明眸善睐、笑靥如花、粉颈纤细、秀发直分的女子，戴着一路晃动的黑色大耳环，正迈着不慌不忙的脚步，沿着白色阶梯款款而下，她轻轻扭动芳臀，交错探出脚上抛过光的皮鞋的鞋尖，手里还有节奏地摇晃着她的锦缎提包，一身明蓝色的长裙随着迈步而有规则地波浪式摆动。马丁迎了上去，吻了她的手就退开了。她微笑着，悦耳地发着小舌音，向索菲娅问好，而索菲娅正坐在藤编的扶手椅里，抽着粗粗的英国烟，这是她早晨喝过咖啡后的第一支烟。

“您睡得那么香，阿拉，我都不想叫醒您。”索菲娅说。她把珐琅质的长烟嘴伸得离开身子远远的，不时用眼角的余光瞥上马丁一眼，而马丁正坐在栏杆上晃着腿。阿拉开始兴奋地讲述自己夜里做的梦，梦里有非常漂亮的大理石，有古希腊的祭司（索菲娅对他们能出现在人的梦里感到十分怀疑)，还有刚洒过水的晶莹闪耀着的砾石。

马丁的好奇心在增长。沙滩上的漫步，还有那些任何人都能窥探到的接吻，作为序幕显得过于冗长；与此同时，他既渴望进入正题，又感到焦虑不安：对于某些细节，马丁无从想象，另外他也害怕自己缺乏经验。在一个难忘的日子里，阿拉对马丁说，她不是木头人，他不能光这样爱抚她，还说午餐后她的丈夫将在城里待上很久，很安全，而索菲娅将在自己房间里安享午睡，这时她就会悄悄溜进马丁的房间里，给他看某人写的诗——这一天正好是马丁和母亲聊到亨利叔叔和室内电话机的日子。后来，在瑞士，亨利叔叔送给马丁一个黑色的小塑像（正在运球的足球运动员）作为生日礼物，马丁无法理解，为什么恰好是在叔叔把这没用的东西放到桌上的那一刻，他脑海中惊人鲜明地浮现出在希腊的一个遥远而温馨的早晨，从白色楼梯上款款走下的阿拉。午餐后他立即回到自己房中，开始等待。他把切尔诺斯维托夫的修面刷藏到了镜子后面——不知为什么，他觉得它有点碍事。从院子里传来水桶打水的声音、溅水声，还有喉音很重的说话声。黄色窗帘温柔地随风鼓起，地板上阳光的斑块改变了形状。苍蝇围绕着吊灯的黄铜灯杆飞舞，轨迹不再是圆圈，而是平行四边形和梯形，不时有几只就停在上面。马丁脱下了上衣，解开了衣领，俯卧在沙发上，听着自己怦怦的心跳声。他听到了她那轻巧的脚步声和微微敲门声，这时他心中的石头才落下来。“瞧，我给你带了整整一包。”阿拉像与他密谋似的小声说，但马丁此刻已经顾不上诗了。“这孩子真野，天哪，真是个野小子！”她一边耳语一边小心地帮着他。马丁急匆匆地做着，追求着极度的快感，陶醉其中，而她用手掌捂住他的嘴，悄声低语道：“轻点，轻点……隔壁有人……”

“至少，这是永远留在你这里的小东西。”亨利叔叔声音清楚地说，并稍稍往后靠，毫不掩饰地欣赏起塑像来，“人在十八岁的时候已经应该考虑装饰自己未来的书房了，既然你喜爱英国的玩意儿……”

“很漂亮。”马丁不想让叔叔扫兴，他的手指划过运动员脚尖上那只不会动的足球。

木屋周围生长着茂密的冷杉林，雾遮蔽了山峦，炎热的黄色希腊真的变得很遥远。但那值得骄傲和快乐的一天的感觉还是那么强烈：我有了情人！那天夜里，他在那张蓝色沙发上睡下后觉得气氛很诡异。躺下睡觉时，切尔诺斯维托夫仍然抓挠着肩胛骨，摆出那种疲倦的姿势睡下，然后在黑暗中说着梦话，请求别人不要随便放屁，最后终于打起鼾来，从鼻子里发出哨声，而马丁则在想：啊，要是他知道就好了……后来有一天，阿拉的丈夫理应在城内，与此同时，在他和马丁的房间中，阿拉正在整理衣裳（如她所说，他们已经“偷偷品味了一下天堂的极乐”），而汗流浃背、衣衫不整的马丁正寻找着一粒掉落在那座天堂里的袖扣——突然，切尔诺斯维托夫猛地一下推开门走了进来，说：“原来你在这里，亲爱的。当然，我忘记带上斯皮里多诺夫的信了。本来事情就是一团糟。”

阿拉用手抚了一下起皱的裙子，皱起眉头问：“他签过字了吗？”

“伯恩斯坦那个老混蛋总是在拖延时间。”切尔诺斯维托夫边说边在箱子里翻找着，“如果他们想拖延付款，那么就让他们自己去解决好了，该死的畜生。”

“别忘了延期，这才是要紧事。”阿拉说，“怎么样，找着了吗？”

“见他妈的鬼！”切尔诺斯维托夫嘟哝着，一边在一堆信封里翻找，“应该在的。不可能找不到，真的。”

“如果不见了，那么一切也就化为乌有了。”她不满地说。

“拖啊，拖啊，”切尔诺斯维托夫嘀咕着，“做生意根本就不是这么个做法。简直可以叫你发疯。如果斯皮里多诺夫拒绝，我会很高兴。”

“听着，别这么沮丧，会找到的。”阿拉说，但她自己显然也很焦急。

“有了，在这儿，感谢上帝！”切尔诺斯维托夫欢叫起来，他扫视着找到的信件，在专注中松弛地垂着下巴。

“别忘了说延期的事。”阿拉提醒他。

“对。”切尔诺斯维托夫说完便匆匆离开了房间。

这场有关生意的谈话让马丁有些困惑不解。无论是丈夫还是妻子都毫无掩饰，专心于他们要办的事，确实完全忘了他还在场。但是，阿拉马上回复到原来的情绪，笑着说，希腊的门插销这么糟糕，就这么脱落了。而对马丁忐忑不安的问题，她耸了耸肩说：“哦，别担心，他什么也没觉察。”当天夜里，马丁久久不能入眠，他依然怀着困惑不解的心情听着切尔诺斯维托夫那自在的鼾声。三天后，他和母亲乘船前往马赛，切尔诺斯维托夫夫妇到比雷埃夫斯[1]送行。他们站在码头上，手挽着手，阿拉一边微笑，一边挥舞着金合欢树枝。不过，在前一天，她也曾掉过一两滴眼泪。

① Piraeus，希腊的重要港口和海军基地，也是地中海沿岸重要的商业港口。

十

取下这张透明纸后，那幅卷首插画显得有点粗糙，色彩有点过分俗气，马丁重新在它上面放上了如薄雾一般的纸页，透过它，色彩重新恢复了那份神秘的魅力。

在横越大西洋的巨型班轮上，一切都很干净、精致、宽敞，那里有化妆品商店、画廊和理发厅，乘客们每天晚上在甲板上跳二步舞和狐步舞。马丁怀着满腔怀恋之情思念着那个可爱的女人，思念着她那向下凹陷、惹人怜爱的胸脯和明亮清澈的眼睛，思念着在他紧紧的拥抱中她那脆弱的躯体发出的咯吱作响声，这让她轻轻地说："哎哟，你要弄坏我了。"此时非洲已经临近，北边的地平线上出现了西西里岛狭长的紫色轮廓，接着轮船从科西嘉岛和撒丁岛之间穿行而过。这几片炎热干燥的土地就在周围，就在附近，组成各式各样的图案，却从身边经过而无从看见——这种无可名状的存在让马丁着迷。在从马赛前往瑞士的夜间旅途中，他似乎认出了山冈上心爱的灯火，即使这次他坐的不再是高等列车[①]，而是颠簸、昏暗、沾满煤粉、肮脏不堪的普通快车，但魔法还是一如既往地强大：那些黑夜中的灯光和汽笛呼号声啊。他们从洛桑启程，乘车前往叔叔那座位于山间、海拔近千米的木屋，一路上，马丁坐在司机身旁，有时会转过头朝母亲和叔叔微笑（他俩戴着大大的护目镜，一个样地把双手放在大腿上）。亨利·埃德尔韦斯还是单身，留着浓密的小胡子，他说话的某些腔调，还有他那摆弄牙签和指甲锉的姿态使马丁想起了父亲。在洛桑车站上见到索菲娅时，亨利叔叔以手掩面，号啕大哭，但过了一会儿，在饭店里，他平静下来，用他那有点夸张的法语谈起了俄罗斯，谈起了以前他去那里拜访时的情形。“太幸运了，”他对索菲娅说，“你的父母没有活到经历这场可怕的革命，真是太幸运了。我非常清楚地记得老公主，还有她的白头发。她多么疼爱可怜的……可怜的谢尔盖啊！”回忆起堂兄时，亨利·埃德尔韦斯那双浅蓝色的眼睛里又充盈着泪水。

“是啊，我母亲爱他，这是真的。”索菲娅说，“但那时她爱所有人、所有事。告诉我，你对马丁怎么看？”她很快就接着说，企图把亨利从悲伤的话题上引开，在他那胡子蓬松的嘴里，这个话题带有使人难以忍受的感伤色彩。

“对，对，他很像他父亲。”亨利点着头说，“一样的额头，一样漂亮的……”

“但他不也已经长大了吗？”索菲娅急忙打断他说，“还有，要知道，他已经谈过恋爱了，一场轰轰烈烈的爱情。”

亨利叔叔将话题转到了政治方面。“这场革命，”他像演说似的问，“能延续多久？对，谁也不知道这一点。贫穷而美丽的俄罗斯正在死去。或许，独裁者的铁腕将为过激行为画上句号。但是许多美好的东西——你们的土地，你们那荒芜的土地，还有你们那座被无耻的暴

① 原文为法语。

民烧毁的乡间庄园——对所有这一切,你们都要说再见了。"

"这里一副滑雪板要多少钱? "马丁问。

"不知道。"亨利叔叔叹着气回答,"我从不拿这种英式运动消遣。顺便说一句,你的法语里带着点儿英语口音。这不好。我们得把它改过来。"

"许多东西他都忘了。"索菲娅袒护儿子说,"普兰谢小姐已经好几年没给他上过课了。"

"她死了。"亨利叔叔伤感地说,"又是一条死讯。"

"不,不。"索菲娅笑了一下说,"你怎么会有这种想法啊? 她嫁给了一个芬兰人,在维堡[①]安宁地生活着。"

"不管怎样,这一切令人忧伤。"亨利叔叔说,"我以前非常想让谢尔盖和你什么时候到这儿来,但事与愿违,只有上帝知道人们的命运。如果你们已经填饱了肚子,确定不想再来点什么的话,那么我们就可以上路了。"

道路明亮曲折,右边矗立着一道岩墙,岩缝中生长着开着花的有刺灌木,左边是悬崖和溪谷,溪水泛着新月形的泡沫顺着岩脊奔流。接着,出现了一片黑幽幽的针叶林,它们排列紧密,一会儿在这边,一会儿又在那边。四周的群山若隐若现,微妙地改变着位置,山体泛出绿色,有些地方覆盖着白雪,在这些山后面可以看到另一些山,灰色更深,而远处高高的山脉则呈现出不透明的、带点紫色的纯白,静止不动,与黑乎乎的冷杉树梢 (汽车就在这些树下行驶) 中间露出的几块明蓝色天空相比,它们上方的天空仿佛褪色了。马丁对这一切正

---

① Vyborg,俄罗斯西北部列宁格勒州的一座重要港口城市,邻近芬兰。

感到新鲜，这时他突然想起了以前在俄罗斯，在他们那座乡间庄园的阳台上，自己透过一块菱形蓝色玻璃看到的、由一排茂密的冷杉林组成的庭园边缘。当他走出小汽车轻轻活动双腿，耳中响着轻微的嗡鸣声时，土地与融雪那清新刺鼻的气息和叔叔房子那纯朴的美丽给他留下了深刻的印象。房屋离最近的小村庄有半公里远，孤零零的，从房顶的阳台上可以望见一道绝佳的风景，如梦幻般尽善尽美，简直让人叹为观止，甚至心生畏惧。在整洁干净、散发着木材和树脂清香的小卫生间的窗户外，是和在俄罗斯的春日里一样湛蓝的天空。房屋周围——在花园中那光秃秃、黑乎乎的花坛和角落里开着花的苹果树里，在果园后那片紧挨着的冷杉林中，在那条通向村庄的泥土路上——是一片令人愉悦的清爽寂静，似乎在冥冥中知道些什么。而马丁感到有点头晕，或许是因为这份宁静，或许是因为这股气息，又或许是因为在三个小时的车旅劳顿后，这道新发现的令人心旷神怡的静态美景。

在这座木屋里，马丁一直住到深秋。他曾经打算当年冬天就去上日内瓦大学，但是索菲娅在与英国的朋友们积极通了一阵信后，决定让他上剑桥大学。亨利叔叔没有立即同意这件事——他不大喜欢英国人，认为这是个情感冷漠、背信弃义的民族。但另一方面，读名牌大学的高昂费用不仅没有使他沮丧，反而颇具诱惑。他喜欢在小事上节省，乐意用左手握紧每一个铜板，却用右手开出大额支票，特别是一项开支能让人备感体面的时候。有时，他感人地扮演起古怪而固执的角色，用手重重地拍着桌子，吹着胡子喊道："如果我做这件事，那是因为我觉得痛快！"于是索菲娅叹着气把从日内瓦买的手镯式手表戴上手腕，而泪汪汪的亨利则把手伸进口袋里，掏出一块大手帕，擤了一两下鼻子,然后向左右将胡须抚平整。

随着夏天来临,做了十字记号的羊群被赶往更高的山里。不知从哪个地方、从哪个方向开始,传来低低的金属叮当声,这声音拖长着飘过来,引得听者嘴里发痒。接着,在飞扬的尘土中,一大群绵羊川流不息地涌来,拥挤着,轻轻推搡着,灰色的队形不断变化和活动着,小铃铛那滋润、空灵、愉悦的声音越来越响,响彻山间,它这么神秘,仿佛是羊群上空扬起的团团尘土自身发出的。不时会有一头羊离开群体小跑而过,这时一只长毛狗就默默地把它逼回羊群,而牧人在后面从容地走着。然后,铃铛声的音色微微变化,又变得低沉、轻寂,但还是与飞扬的尘土一起长久地滞留在空中。“多好啊,多好啊!”马丁暗自低语着,直到听不见铃声,才继续他最喜爱的散步,这条路线是从一条乡间小路和许多条林中小径开始的。树林突然变稀疏了,一片茂密的绿色草地出现在眼前,一条小石子路穿过树篱中间通往下面。偶尔会有一头鼻口粉红湿润的母牛迎面走来,在他面前停住脚步,甩着尾巴,然后把头一偏,从他的身旁走了过去。在母牛后面跟着一位矫健灵敏、手拿木棍的小老太婆,她朝马丁投去不怀好意的一瞥。再往下走就能见到一座白色的大宾馆,被白杨和枫树环绕,它的老板是亨利·埃德尔韦斯的一位远亲。

在这个夏天,马丁长得更壮实了。他的肩膀更宽,嗓音也变得低沉稳重了。与此同时,他的内心纷繁杂乱,一些事物勾起了他尚未完全理解的情感(例如,在经受屋外酷热后感觉特别明显的乡下房间里的凉爽,一只撞着天花板、发出懊恼嗡嗡声的大黄蜂,在蓝天背景上像爪子般伸出的冷杉枝叶,或是在林边找到的结实的褐色牛肝菌)。他马上就要去英国了,这令他感到激动和高兴。对阿拉·切尔诺斯维托夫的回忆达到了尽善尽美的地步，而他会对自己说，他不够珍视在希腊的幸福生活。那个女人满足了他的渴求，同时又进一步加剧了他的欲望，在山间的夏日中，这股欲望折磨着他。每到夜里，他便久久无法入眠，想象着无数次的艳遇，想象着在黎明时分的城市中等待他的所有那些姑娘，偶尔他还会反复叫出某个女人的名字——伊莎贝拉，尼娜，玛加丽塔—— 一个依旧冰冷、无人认领的名字，就像一座女主人迟迟不来入住、充满回音的空房。他揣度着，这些名字中哪一个会突然获得生命，变得异常鲜活熟悉，他将永远不能像现在这样神秘地叫出它。

每天上午，老女仆的侄女玛丽会从村里过来帮忙料理家务，她是个十七岁的少女，非常安静，容貌可爱，有着深红色的脸颊和头上盘得紧紧的黄辫子。有时候，马丁在花园里，而她突然打开楼上的窗子，抖一下抹布，然后就一动不动了，大概是在看滑过山坡的云朵投下的椭圆形阴影，接着她用手背擦着鬓角，缓缓转过身去。马丁上楼走进卧室，根据穿堂风来判定哪里在打扫卫生，然后发现，在潮湿的地板的闪光中，玛丽正跪在地上，想着心事。他会从背后看着她，看着她的黑色羊毛长袜和带着圆点花纹的绿裙子。她从未看过马丁，只有一次——那可是件大事！——在提着一只空桶经过时，她迟疑地露出一丝温柔的微笑，不过不是对着他，而是对着那些小鸡。他执拗地发誓要与她说上话，而且要偷偷抱她一下。但是有一天，在她离去后，索菲娅用鼻子嗅了嗅空气，做了个鬼脸，急忙打开了所有的窗户，于是马丁便对玛丽充满了懊丧和厌恶。然而，随着后来她远远地出现——在敞开的窗口，或在水井附近透过树叶间的一缕阳光中——他渐渐地又开始迷恋她，但这时他已经不敢再靠近。就这样，某种幸福的、令人陶醉的东西从远处诱惑着他，却又不属于他。有一次，他登上高山，盘腿坐在一块边沿浑圆的大石头上，下面蜿蜒曲折的小路上走过一群羊，发出悦耳而忧郁的叮当声，羊群后面走着一个衣衫褴褛、兴高采烈的牧羊人，还有一个笑容满面的姑娘，她正在一边走一边织着长袜。他们走过时没看马丁一眼，仿佛他无形无影，而他却久久注视着他们：男人步子不变，一只手搭过姑娘的肩膀，从她的后脖颈看得出，在他们向另一座山谷走去时，她一直在织啊织。要不然就是那几位臂膊赤裸的年轻夫人，她们身穿白色连衣裙，出现在宾馆前的网球场上，大叫着用球拍驱赶牛虻，但是一开始打球，她们就显得那么笨拙无助，特别是马丁自己网球打得十分出色，把宾馆里任何一个年轻的阿根廷人都打得一败涂地。他从小就掌握了正确的方法，即在击球时保持四肢的完美协调（这对于任何一种球类运动都必不可少），在每次击打白球、球拍上紧绷的弦线发出砰的一响之后，他会利用弧线形的摆臂动作，让力量继续经过臂部肌肉到达肩膀，仿佛合成一个完整的圆，从那里又平稳地产生下一次击打。在八月份一个炎热的日子里，球场上出现一个职业球员——从法国尼斯来的鲍勃·基特森，他邀请马丁进行比赛。马丁感到了一阵熟悉而愚蠢的战栗，他觉得这是对自己想象力过于生动的报复。无论如何，他开局很好，不是把球打在贴网很近的地方，就是从底线有力地打到最远的角上。观众在赛场边驻足围观，这让他高兴不已。他的脸上像在燃烧，他的口中异常干渴。发球，猛扣，然后立刻改变姿势，倾身向球网冲刺——马丁已经要拿下这盘比赛了。然而，那位瘦高个、戴眼镜、年纪轻轻、头脑冷静的职业球员突然清醒过来，一改之前懒洋洋的打球姿态，用五下闪电般迅猛的击球一举追成平手。马丁开始感到疲惫不安。他正对着刺眼的阳光，衬衫也不时从腰间的皮带下脱出。如果他的对手拿下这关键一球，那么一切就全完了。基特森从一个刁钻的角度打出一个高吊球，马丁赶紧后撤，跑出一个步态舞[①]般的步子，准备把球扣死。在他把球拍从上往下扣时，一瞬间仿佛看到了失败的结局和平时比赛搭档们的幸灾乐祸。唉，球无力地落在了网上。“不走运啊。”基特森精神振奋地说。马丁咧嘴大笑，坚强地克制着心中的失望。

① cakewalk，一种美国爵士舞曲，起源于19世纪美国南部地区黑人的一种快速走步竞赛。

十一

回家路上，马丁把所有击球重新回顾了一遍，在想象中把失败变成了胜利，然后摇起了头：难啊，要抓住幸福可真难！树叶遮蔽的小溪流水潺潺，蓝蝴蝶从道路潮湿的地段向上飞起，鸟儿在灌木丛中啁啾喧闹——一切都喜气洋洋，无忧无虑，真叫人郁闷。晚餐后，他们像平常一样坐在客厅里，门朝露台敞开着，因为家里停电了，所以点着枝形烛台上的蜡烛。有时蜡烛的火苗倒向一边，于是所有的扶手椅下便延伸出黑黑的影子。马丁挖着鼻孔，读着一小卷莫泊桑的小说《漂亮朋友》，书中陈旧的插图上，长着大胡子的主人公，衣领竖起，正以侍女般灵巧的手法脱下那位芳臀宽大、忸怩作态的女人的衣裳。亨利叔叔把报纸放到一旁，双手叉腰，看着索菲娅铺开在绿呢面牌桌上的牌。温暖漆黑的夜色从窗户和房门外缓缓挤入。马丁突然抬起头，侧耳聆听，仿佛在这夜色与蜡烛的和声中有一种模糊的召唤。“这副纸牌上一次拿出来还是在俄罗斯呢。”索菲娅说，“通常我也很少把它拿出来玩。”她揸开手指，收拢散在桌上的牌，开始重新洗牌。亨利叔叔叹了口气。

马丁看书看倦了，于是他伸了个懒腰，走到露台上。外面伸手不见五指，散发着潮气和夜间的花香。一颗星滑落了：像往常一样讨厌的是，坠落时它并不在他的视野中，而是在侧面，因此他的眼睛捕捉到的只是天空中一点转瞬即逝的无声变化。山峦的轮廓模糊不清，黑暗中四下散布着两三点灯火。“旅行。”马丁轻声说，他长久地念着这个词，直到他绞尽脑汁从中抽取出了所有隐含的意义，然后将它那光滑细长的外皮搁在一边——过了一会儿，这个词又活了过来。“星。雾。天鹅绒。旅绒[①]。”他清楚仔细地说出这些意义，每次都会感到惊讶——词义竟能如此精妙地在这发音中延续下去。这位年轻人来到了一个多么遥远的地方，他已经见识过多少远方的土地。而在这里，在夜间，在群山中，他到底在做些什么？为什么世上的一切都这么奇怪，这么激动人心？“激动人心。”马丁大声重复道，他喜欢这个词。又一颗星滚落了。他定睛凝视着天空，就像在很久很久以前那样。那一次他们从邻居的庄园回家，一家人坐着维多利亚敞篷马车，沿着一条黑暗的林间道路行驶，幼小的马丁在颠簸中昏昏欲睡，便仰起头，望着天上的星河在两侧逐渐浓密的林道中间奔腾，想象着自己正在其中漂游。他想，此生此世，自己又会在什么地方如彼时、如此刻般地再度凝望夜空？在哪处码头，哪座车站，哪片城镇广场上？在人群里，他常常体验到一种巨大的孤独感，这时他会自我安慰——这些忙于自己事务的人啊，没有一个人知道我是谁，我从哪儿来，我现在在想什么——并以此为乐。这种孤独的感觉对于成全幸福是必不可少的。于是马丁屏息静气，出神地想象着自己孤身一人，在一座陌生的城市里——比如，伦敦——顺着陌生的街道在夜间闲逛，看到了在雾中穿行、一路

① Travelvet，系作者自造的词，由“旅行”和“天鹅绒”合成。

溅起水花的黑色双轮双座马车[①]，穿着闪光的黑色雨衣的警察，泰晤士河上的灯火，还有在英国小说中出现的其他形象。把行李寄存在车站后，他现在正走过无数灯火通明的英国店铺，激动地寻找着某个当晚他能赠其芳名（伊莎贝尔、尼娜、玛加丽塔）的女人。而她——她会把他当成什么人呢？画家？水手？伪装成绅士的窃贼？她不会要钱，会很温柔，到早晨也不会想放他走。但是街上雾这么浓，人这么多，要找到她是多么困难啊！在一个秋日的傍晚，当他空着手从维多利亚车站出来后，虽然汉瑟姆马车已经基本绝迹，许多东西看起来已经不一样了，但他还是认出了些什么：黑乎乎、油腻腻的空气，警察身上湿漉漉的油布雨衣，倒映的灯光，还有那啪嗒啪嗒的泼溅声。刚才在车站上一间赏心悦目的洁净小屋里，他痛痛快快地淋了个浴，用脸颊红润的服务员送来的毛茸茸的热毛巾擦干身子，穿上干净的内衣和最好的上装，留下两只箱子寄存，现在他为这么有条理地安顿好了自己感到自豪。他几乎没有感到旅途后的疲劳，感觉到的只有飘飘然的激动。庞大的公共汽车重重碾过柏油路上的水洼，猛地溅起团团水花。灯光广告从暗红的店铺门面上升起，继而消散。他会从姑娘们身边经过，会回头朝她们张望，但是姑娘的脸蛋长得越是漂亮，他就越难下定决心。这里不像在雅典或洛桑，没有那些诱人的咖啡馆，而在他喝了一杯啤酒的酒吧里只有男人，这些人面色通红，闷闷不乐，眼球突出，眼白上布满了血丝。他的心里渐渐袭上一股模糊的不安：根据书信协议，他要在一户俄国家庭里待上一周，现在这家人肯定正在等他，并惦记着他。他该不该平静地坐上出租车，将那个想象中的夜晚抛在脑后

① hansom cab，（旧时御座高居车后的）双轮双座马车，由英国建筑家汉瑟姆（Joseph A. Hansom，1803—1882）设计，故又名“汉瑟姆马车”。

呢？但他立即就为自己意志不坚感到羞愧——当天黎明时分，在他望着火车窗外的平原、粉红色的寒冷天空和一架风车的黑色轮廓时，他对这个不羁之夜的渴望是多么强烈啊。“懦夫！叛徒！”马丁轻轻地说。从一扇摆满珍珠项链的商店橱窗上，他发觉自己又走上了同一条街道。他停住脚步，草草回顾了自己长久以来对珍珠抱有的反感念头：那不过是一些带有令人恶心的惨淡光泽、在牡蛎体内生成的痔疮罢了。一个打着伞的女人在他身边停下脚步。马丁用眼角的余光瞟了她一眼：纤细的身材，黑色的套装，帽子上的别针闪闪发亮。她转过面庞，向他微笑，还轻轻噘起嘴唇，发出一阵短促的呜呜声。在她的眼中，马丁看见了闪烁的灯火、流动的色彩和细雨的微光，他用沙哑的低语祝她晚安。

他们刚刚坐进幽暗的出租车里，他就抱紧了她，她那柔软纤细的身体令他如痴如狂。她双手掩面，咯咯直笑。后来，在宾馆房间里，当他尴尬地掏出钱夹时，她说：“不用，不用。如果您愿意，明天就带我去一家豪华餐厅吃饭吧。”她问他是哪里人，是不是法国人，并依他的请求开始猜起来：比利时人？丹麦人？荷兰人？当他说自己是俄国人时，她不相信。后来他向她暗示，说自己在远洋邮轮上靠赌牌谋生，并将自己的旅行经历告诉了她，有的地方美化渲染，有的地方添枝加叶。而在描绘自己从未见过的那不勒斯时，他深情地凝视着她那孩子般的赤裸肩膀和淡黄色的短发，感到十分幸福。翌日清早，趁他还在睡觉，她迅速穿好衣服，从他的钱夹里偷了十英镑后就离去了。“纵欲后的早晨。”马丁笑着心想。他从地板上捡起钱夹，啪的一声合上，然后从水罐里倒水淋洗身子，弄得地上到处是水。他一直在微笑中回忆着这美妙的一夜。她这么愚蠢地离去，从此再也不会与之相遇，这让他感觉有点遗憾。她名叫贝丝。马丁走出宾馆，走上早晨空旷的街道，一心只想欢蹦乱跳、纵情歌唱。为了释放心情，他爬上了一架靠在路灯柱旁的梯子，结果一位路过的老人在下面用手杖威吓教训他，他们之间爆发了一阵漫长而滑稽的争吵。

十二

马丁第二次受到奥尔加·济拉诺夫的斥责。这位夫人昨天等他来，一直等到深夜，而且不知为什么，她认为马丁比实际上要更加年轻和无能，这就越发让她担心。他解释说，昨天他把地址放错了地方，直到后来才在一个很少去摸的口袋里找到，但时间已经太晚了，他是在车站附近的一家宾馆里过的夜。济拉诺夫夫人便问，为什么他不打个电话，还有那家宾馆叫什么名字。马丁编出了一个与众不同的好名字——晚安宾馆，还解释说，他在电话簿上找过她家的电话号码，但没有找到。"您太丢人了。"济拉诺夫夫人生气地说，然后她突然令人惊叹地嫣然一笑，这美妙的一笑完全改变了她那皮肉松弛、忧郁沮丧的脸庞。马丁记得这样的微笑，那还是在圣彼得堡的时候，因为当时他还是个孩子，而跟陌生的孩子说话时，妇女通常都会保持微笑，所以在他的记忆中保留着一张济拉诺夫夫人容光焕发的面孔，而在见到她是如此衰老和阴沉时，他最初感到的是疑惑不解。

济拉诺夫夫人的丈夫在俄国曾是一位知名的公众人物，现在他正好出城去了，所以马丁就被安置在了他的书房中。书房和就餐室在一楼，客厅在二楼，卧室在三楼。这条安静的居民区街道上全是这种窄门面的房屋，彼此没有区别，屋内房间统一垂直布局。在街角上有一个圆鼓鼓的红色邮筒，给这里增添了几许色彩。在右侧的一排房屋后面是许多小花园，在夏天绽放着杜鹃花，而在左侧的一排屋子后面则是一座小公园，里面生长着高大的榆树，树上的叶子正在泛黄凋落，另外还有一块草地网球场。

济拉诺夫的大女儿内莉不久前嫁给了一个从德国俘虏营流落到英国的俄国军官。小女儿索尼娅之前在圣彼得堡的斯托尤宁[①]中学读书，现在将转入一所伦敦的预科学校完成学业。此外，家里还有济拉诺夫夫人的妹妹叶莲娜，还有叶莲娜的女儿伊琳娜—— 一位可怜又可怕的智障姑娘。

马丁正在适应英国的生活。他在这座房子里住了一周，感觉相当难受。他整天在陌生人中间，做什么都无法避开别人的视线。索尼娅不断地刺激他，拿他壁橱里的衣物取笑他——袖口上浆、前胸笔挺的衬衫，他最喜欢的亮紫色短袜，还有在雅典买的橙黄色尖头皮鞋。"这是美国货。"马丁故作平静地说。

"是美国人专门做出来卖给黑鬼和俄国佬的。"索尼娅油嘴滑舌地回答。不仅如此，马丁后来发现自己没有带浴衣，每天早晨去洗澡间都神气十足地裹着床单，于是索尼娅便说，这使她想起了她的堂兄弟们和他们在莱森学校的好朋友，在济拉诺夫的乡间庄园做客期间，他们光着身子睡觉，早晨裹着床单走来走去，还在花园里大小便。结果，马丁在伦敦购买了太多东西，十英镑根本不够，他不得不向叔叔写信

① Stoyunin（1826—1888），俄国著名进步教育家，语文教学法的创始人，代表作有《俄罗斯妇女教育》《关于我们的文科中学的思考》等。

求援，这特别令人不快，因为这样一来，他不得不对那另外被偷的十英镑作出其他含糊的解释。是啊，这个星期既艰难又倒霉。就连马丁暗自引以为傲的那一口英腔也成了索尼娅嘲笑纠正的对象。就这样，马丁发现自己竟被人视为无知之徒、青涩少年和妈妈的宝贝儿子，这完全出乎他的意料。他感觉这不公平——和这位十六岁的小姐比起来，他所感受和经历过的要多上千倍呢。于是，他在网球场上将她支持的那些年轻人横扫出局，而在济拉诺夫家的最后一晚，在留声机尖声播放的夏威夷舞曲的伴奏下，他趁机露了一手，跳了一段无懈可击的二步舞（这还是他在地中海时期学会的）。这些都让他感到了某种不怀好意的欣喜。

在剑桥他更加感到自己是个外国人。在与英国同学谈话时，他会惊讶地注意到自己身上那不容置疑的俄罗斯人的本性。他在童年一直受着英国式的教育，他身上保留的这些东西已经被那些童年时读过同样的书、与他同龄的地道英国人抛在脑后，化作儿时的遥远记忆。而马丁的生活在某一点上已发生了急转弯，他已经走上了另一条生活之路，因而，童年的环境和种种习惯对他来说开始具有了某种童话的色彩，他在那些日子里所喜爱的某本书，在他的记忆中直到现在也要比英国同龄人记忆中的这本书鲜明和迷人。十年前在英国中小学生中流行的许多词语，至今他还记得，但在如今的人们看来，这些词语要么庸俗，要么就是过时得可笑。在英国，只有在圣诞节才会供应闪着蓝色火焰的葡萄干布丁，在圣彼得堡却天天都有，而且据许多人之见，埃德尔韦斯家的厨师做的布丁比商店里卖的还要好。圣彼得堡人在硬地上而不是在草皮地上踢足球，罚球用的则是一个英国人不知道的词。很久以前，在涅瓦大街上的英国商店“德鲁”，马丁曾经买过一件条纹运动衫，如今他可不敢再穿带那种颜色的衣服，因为它和某座公立学校的运动服撞了色，而他从未当过该校的学生。事实上，这种在性质上相当随意杂乱的英国风味，经历了他祖国的文化过滤，最终充满了特有的俄罗斯色彩。

十三

在最初留下的剑桥印象背后，不知为什么，让马丁难忘的始终是那个在瑞士刚刚见过的绝美秋天。每逢早晨，柔和的薄雾便遮蔽了阿尔卑斯山。一串残败的花楸果躺在路中央，车辙蒙上了云母色的薄冰。尽管没有风，白桦那鲜黄色的树叶却一天天变得稀少，青色的天空透过树叶沉静而愉快地望着大地。茂盛的蕨类植物呈现出红褐色。纤细的蛛丝在空气中四下飘浮，闪着彩虹般的微光，亨利叔叔把它们称作“圣母的发丝”。有时候马丁会抬起头，以为自己远远听到了迁徙中的鹤发出的唳鸣声，却连一只鹤也没看见。他曾经四下溜达过很多地方，仿佛在寻找着什么；他骑着一个干粗活的人的破自行车，在沙沙响的小径上穿行，而他的母亲坐在枫树下的条椅上沉思着，一边用手杖尖刺穿褐色土地上潮湿的深红色树叶。如此丰富多彩的原始美景在英国并不存在，英国的大自然好像是在温室里培育出来的，一个缺乏想象力的秋天就这样在几何形的花园里、在细雨蒙蒙的天空下缓缓逝去。但是那些红灰色的墙，在一个难得的晴朗早晨覆满银色白霜的长方形草坪，细细的河流，与倒影合成一个正圆的拱形小石桥——它们都有着各自的美。

无论是恶劣的天气，还是卧室里的严寒（学校传统禁止在卧室里生火取暖），都不能改变马丁沉思冥想、充满生活乐趣的精神。自己的小客厅，热烘烘的壁炉，蒙着灰尘的自动钢琴，挂在墙上无伤大雅的石版画，低矮的藤编扶手椅，摆在架子上的廉价瓷器摆设——所有这一切马丁都由衷地喜爱。深夜里，壁炉中那神圣的火焰奄奄欲熄，他便用火钳将还在阴燃的小火炭扒在一起，放上一些木屑，然后在上面堆起高高的煤块，用风箱呼呼地吹火。为了让烟囱通风，他还展开一张宽大的《泰晤士报》挡在炉边。绷紧的报纸开始发热，变得透明起来，正面的字行与反面透过去看得见的字行混在一起，好像是某种晦涩语言的奇怪符号。接着，火猛烈燃烧，发出轰响声，报纸上出现了一个红褐色的斑点，渐渐变黑，突然变成了窟窿，整张报纸燃烧了起来。它被风一下子吸进了烟囱，朝上飞去。深夜晚归的路人，穿着礼服的教师，他们透过哥特式暗夜的黑幕可以看见一个满头火焰的女巫从烟囱中蹿向星空。第二天马丁得去交罚款。

马丁天生具有活泼、善交际的秉性，所以他并没有孤独太久。很快他就与住在楼下的达尔文成了朋友，在足球场、俱乐部和公共食堂也结识了一些人。他发现，所有人都认为应该与他谈俄罗斯，应该弄清楚他对革命、武装干涉、列宁和托洛茨基是怎么想的，而有些到过俄罗斯的人则夸赞俄罗斯人的好客，还问他是否碰巧认识莫斯科的某位伊万诺夫先生。马丁厌恶这样的谈话，他从桌上随手拿起一卷普希金的书，开始大声朗诵阿奇博尔德·穆恩翻译的《秋之韵》：

哦，忧伤的季节，眼睛的陶醉！
我喜欢你那道别的美丽！

我爱大自然豪华的凋零，

森林换上金色和紫色的外衣。①

这一举动让周围的人惊诧不已，只有达尔文这个身材魁梧、睡意蒙眬的英国人独自赞许地点着头，他穿着亮黄色的短上衣，摊开手脚坐在扶手椅里，眼睛望着天花板，嘴里的烟斗发出呼哧声。

这个达尔文经常在晚饭后拜访马丁。他向马丁详细地说明了一些历来就有的严格规矩：无论有多冷，大学生上街不应该戴礼帽和穿大衣；对任何熟人，无论是握手问好还是祝早安都不行，即使他是原子大佬汤姆孙②本人，也应该以开朗的微笑和轻快的感叹词来致意；乘普通的划艇泛舟河上可不好，为此得坐方头平底船和独木舟才行；永远不要重复大学里那些立即就能让新生着迷的老俏皮话。“但是要记住，”达尔文精明地补充说，“遵守这些传统不应该走得太远，有时候为了吓唬一下那些势利小人，上街时不妨戴圆顶礼帽，腋下夹一把伞，这也是可以的。”马丁有一种感觉：达尔文在剑桥大学已经待了很长时间，有好几年了，他是在怜惜他，就像怜惜任何一个喜欢待在家里的人一样。他那种懒洋洋的神态、慢腾腾的动作和舒适惬意的样子令马丁惊诧。为了激起对方的忌妒心，马丁冲动地讲述了自己的漫游经

① 此处英文版诗句为本书作者弗拉基米尔·纳博科夫亲自从普希金俄语原诗，假托书中虚构的角色阿奇博尔德·穆恩之手翻译而成，与马克斯·伊斯特曼、娜丁·加林佐夫等其他普希金英译名家的现存译本均有不同。此处根据刘文飞先生译本略有改动。

② 此处应该是指约瑟夫·约翰·汤姆孙爵士（Sir Joseph John Thomson，1856—1940），英国著名物理学家，1897年发现电子，1903年提出最早的原子模型，曾长期担任剑桥大学卡文迪什物理实验室教授并参与研究工作，后因其在气体导电理论和实验方面做出的突出贡献被授予1906年诺贝尔物理学奖。

历，他下意识地在贝丝身上添油加醋，说了她许多好话，却对这些虚构情节与事实交错混杂的过程浑然不觉。诚然，这些夸大其词是单纯无害的：在克里米亚高原上的两三次野餐变成了他拄着木棍、背着行囊在大草原上的日常漫游；阿拉·切尔诺斯维托夫变成了一位巡游途中的神秘旅伴，在游艇上陪着他，他们俩的散步变成了在希腊一座岛屿上的长久逗留，而西西里岛的紫色轮廓则变成了实实在在的花园和别墅。达尔文望着天花板，赞许地点着头。他的眼睛呈淡蓝色，空虚木然，毫无情感。他喜欢半躺着把双脚舒舒服服地高高搁起，所以总能让人看到结实的鞋底，上面有复杂的橡胶纹路。他身上的一切——从这双脚到他那瘦削的鼻子——全都品质优良，硕大无朋，透出沉着与冷静。

十四

一个月里有三次，马丁会被他的“导师”叫到面前，这位教授专管检查学生的出勤，在学生身体不好时前去探望，批准学生去伦敦旅行，以及在学生因半夜回家或晚上没穿学袍而被罚款时进行批评。这个干瘦的老头是一位拉丁语学者兼贺拉斯[①]的译者，走路有点儿内八字，目光锐利，酷爱吃牡蛎。“你的英语有进步。”有一次他对马丁说，“这很好。你已经认识许多熟人了吗？”

“嗯，是的。”马丁回答。

“比方说，跟达尔文交朋友了？”

“嗯，是的。”马丁重复说。

“我很高兴。他是个了不起的人，在法国和美索不达米亚的战壕里蹲过三年，荣获维多利亚十字勋章，无论精神还是肉体都没有一处受伤。文学上的成功足以冲昏他的头脑，可是这也没有发生。”

达尔文十八岁时曾中断学业去参军打仗，而不久前他出了一本短篇小说集，博得了行家的交口称赞——除了以上这些情况，马丁还听说，他是校队的拳击手，在马德拉和夏威夷群岛度过童年，他的父亲是一位著名的海军上将。马丁觉得自己那些小小的经历无足轻重、不足挂齿，他也为自己编造的那些故事感到羞愧。当天晚上，当达尔文无精打采地走进他的房间时，马丁觉得既可笑又尴尬。他开始一点一点打听有关美索不达米亚和短篇小说集的事，而达尔文一直开着玩笑回答，说自己最好的作品是一本小小的学生参考手册，名字叫《大门关闭后潜入三一学院的六十七种方法大全，内附详尽的墙壁和栅栏示意图，首印终绝版，经作者本人多次检验，作者从未被校方抓获》。但是马丁坚持表示他只对那本受到行家称赞的短篇小说集感兴趣，只有它才是重要的东西。终于达尔文说："好吧，那我就送你一本。到我房间里去吧。"

达尔文按照自己的趣味布置了房间：那里有几张超舒适的皮扶手椅，坐在里面就像陷入柔软的无底深渊，整个人几乎都要融化了，而在壁炉上放着一张大照片，照片上是一条侧躺着的慵懒母狗和它那六只幼崽的圆鼓鼓、胖嘟嘟的屁股。马丁已经见过不少大学生的房间：有像他那样舒适如意的，但主人没有好好料理，还放着房东以前留下的东西；有运动员住的，架子上摆着银质奖杯，墙上挂着一柄断桨；有的房间里堆满了书，到处是烟灰；最后，还有一个糟得简直不能再糟的房间——里面空空荡荡，墙上贴着鲜黄色的墙纸，只挂着一幅画，却是塞尚[2]的真迹（上面用炭笔涂鸦勾勒出一个女人模糊的形体），还有一尊用深色木材雕制、残缺前臂向前伸出的主教塑像，是从十四世纪传下来的。达尔文的房间最合马丁的心意，特别是如果让他仔细看看、浏览一番的话，例如，那一捆达尔文在战壕里编辑的报纸就太有价值

① Horace（公元前65—前8），古罗马诗人、讽刺作家和批评家，代表作有《歌集》《诗艺》等。

② Paul Cézanne（1839—1906），法国画家，后期印象画派代表，被誉为"现代绘画之父"。

了！报纸办得很活泼，富有朝气，充满了可笑的韵文诗句。天晓得这份报纸是在哪里出版，又是怎么印刷出来的。而且，为了让空白处好看，报纸上还登载了几则从某处印刷厂废纸堆里偶然找到的女式胸衣广告。

“喏，”达尔文拿出一本书说，“拿去吧。”

这本书实在精彩。里面其实并不是短篇小说——不，倒不如说更像是专题论文，二十篇同等篇幅的专题论文。第一篇名为《瓶塞钻》，其中包含了有关瓶塞钻的各种有趣的信息，包括它们的历史、美感和价值。第二篇讲鹦鹉，第三篇讲扑克牌，第四篇讲定时炸弹，第五篇讲水中倒影。其中有一篇讲的是火车，马丁在里面找到了他所喜爱的一切——使电线不被吹起来的电线杆，餐车车厢，望着窗外掠过的树木的维希牌或依云牌矿泉水瓶子，眼神疯狂的服务员，矮小的厨房，厨房里戴着白色尖顶帽的厨师汗流浃背，晃动着身子，正给鱼滚上面包屑。

假如马丁以前曾想过要当作家，并因为这种作家的贪婪欲望（与对死亡的恐惧何等相似）而饱受折磨，为强迫自己去铭记那些转瞬即逝的琐事而痛苦焦虑，那么，这些探讨他所熟悉的细枝末节的专题论文也许就会激起他的强烈忌妒，激起他要将同类文章写得更好的欲望。但是，这些都没有发生，他反而感到对达尔文有一种温馨的好感，甚至连眼睛也开始痒酥酥的。第二天早晨去听课时，马丁在拐角处赶上了达尔文，也不看着对方，就很有分寸地说自己喜欢那本书，然后默默地与达尔文并肩走着，跟上他那懒散却又轻快的步伐。

授课讲堂分布在整座城镇里。如果一堂课后紧接着又有另一堂课，并且是在不同的讲堂里进行，那么学生就必须跳上自行车飞驰，或者沿着后面的胡同穿过庭院一路小跑，在石板上留下清脆的回音。钟楼上响起了清脆的钟声，此起彼伏；狭窄的街道上满是马达的轰鸣声、车轮的吱嘎声和自行车铃的叮当声。上课期间，成排成排的自行车闪耀着，停在大门附近，等候着主人。穿着黑袍的教师走上讲台，啪的一声将带流苏的四方帽放在斜面讲台桌上。

十五

入学后，马丁花了很长时间才选定学科。种类太多了，而且全都挺吸引人的。他在这些学科边缘踌躇，到处寻找那神奇的活水源泉。悬架在阿尔卑斯山的绝壁上的桥梁、富有生气的钢和神妙的精确计算都令他激动不已。他理解那位敏感的考古学家——在清理出通往神秘未知的墓穴和宝库的通道后，他在进去之前先敲了敲门，然后一进去便因为情绪激动而昏倒在地。美栖居在实验室的光亮和宁静之中：生物学家目不转睛、轻松自若地盯着显微镜，就像一个睁着眼在水中滑动的老练潜水员，慢慢地，他的脖子和前额开始微微发红，然后他猛地从目镜前走开，说道："问题全解决了。"人的思想在数学铺垫、繁星密布的宇宙秋千上飞荡，就像一名空中杂技演员，本以为有安全网保护，却突然发现实际上根本没有网——马丁羡慕那些能达到这种眩晕状态，并用新的计算结果战胜内心恐惧的人。预言存在某种元素或创造出一种理论，发现一道山脉或为一种新的动物命名——这一切都同样诱人。在历史学科中，马丁喜欢自己的清晰想象，因此他热爱卡莱尔[①]。他对历史日期记性很差，对概括归纳也不屑一顾，却如饥似渴地寻找出具有现实和人道意义、细节惊人翔实的资料，而后辈大概会对这些资料感到厌倦，就像他们在看我们这个时代的残旧影像时那样。他栩栩如生地想象出一个令人战栗的白天和一架简陋的黑色断头台，刽子手在断头台上粗暴地抓紧一个赤膊胖子，爆发出一阵笨拙的推搡扭打，同时在人群中，一名好心的男公民用双臂托起一位好奇心切的矮个子女公民。

另外还有一些模糊不清的学科，比如法律学、政体学和经济学。这些学科让他畏缩不前，因为他在一切事物中所探寻的真实成分在这些学科中藏得太深。在犹豫不决的选课过程中，马丁渐渐地避开了所有那些可能需要他专心致志的学科。剩下能考虑的还有文学。马丁发现，这门学科中也隐藏着极乐之趣。贺拉斯和梅塞纳斯[②]之间那场关于天气和运动的平凡谈话是多么令人心潮澎湃，而老李尔[③]面对女儿们豢养的那群惠比特犬的狂吠，口中叫着它们那装腔作势的名字，他心里的悲伤又是多么令人肝肠寸断！以前在阅读俄文版《圣经·新约》的过程中，马丁有时会遇到“青青的芳草”或“靛蓝的长袍”等短语，这会让他欣喜不已。与这种情况相同，马丁在文学中寻找的并不是一般意义，而是不期而遇的意外惊喜，就像几片沐浴着阳光的林中空地，他在那里可以伸直躯体，直至关节咯咯作响，仍可以凝神静气陶醉其中。他读了很多书，但大多是重温旧作。在文学交流中，他也确实偶尔会犯错。例如，有一次他把普卢塔克[④]与彼特拉

① Thomas Carlyle（1795—1881），英格兰著名作家、评论家和历史学家，其作品在英国维多利亚时代影响甚广，代表作有《法国革命》《论历史上的英雄、英雄崇拜和英雄业绩》等。

② Gaius Maecenas（公元前70—前8），古罗马奥古斯都皇帝的亲信，著名的外交家，同时还是诗人艺术家的保护人。他的名字在西方被认为是文学艺术赞助者的代名词。

③ old Lear，出自英国文艺复兴时期著名剧作家威廉·莎士比亚的悲剧代表作《李尔王》。

④ Plutarch（约46—约120或127），罗马帝国时代的著名传记作家、伦理学家和历史学家，生于希腊，代表作有《希腊罗马名人比较列传》《道德论丛》等，对西方文艺复兴时期的文人影响颇深。

克[1]搞混了；还有一次，他把卡尔德隆[2]说成是苏格兰的诗人。

不是任何作家都能感动得了他。他按照叔叔的建议阅读拉马丁[3]的作品，或是由叔叔本人呜咽着朗诵《湖》，还一边摇着头一边情不自禁地说“Comme c'est beau!”[4]，这时马丁仍然无动于衷。在他看来，研究篇幅冗长、内容空泛的作品及其对另外那些篇幅冗长、内容空泛的作品的影响，没有什么诱人的前景。要不是有个神秘的声音始终在对他低语，提醒他没得选，必须去学习一门学科，那么，他大概永远都不会做出一个选择。在瑞士的那个绝美的秋天里，他第一次感到，自己终究是个流亡者，命中注定要远离家园，在异乡生活。“流亡”这个词听着美妙：马丁望了一下冷杉树上空的黑夜，感到自己的脸颊像拜伦一样苍白，看到自己穿着披风。他在剑桥大学经常穿这件披风，尽管它只是一件轻便的学袍，用可以透光的浅蓝色面料做成，肩后有许多皱褶和翅膀般的半袖。精神上的孤独和旅途中的激动获得了新的重要意义。马丁似乎已经找到了那把正确的钥匙，用来开启萦绕着他的所有那些模糊、奇怪和温柔的感觉。

当时，教授俄罗斯文学和历史课的是颇有声望的学者阿奇博尔德·穆恩。他在俄罗斯生活了很长时间，到处都去过，什么都见过，认识许多人。现在他一头黑发，脸色苍白，清秀的鼻子上戴着夹鼻眼镜，

---

① Petrarch（1304—1374），意大利文艺复兴时期的著名学者、诗人，早期人文主义先驱，以十四行诗著称于世，被后人誉为西方“人文主义之父”和“诗圣”，代表作品有抒情诗集《歌集》。

② Calderón（1600—1681），西班牙军事家、作家、诗人、戏剧家，西班牙文学黄金时期的重要人物，代表作品有剧作《人生如梦》等。

③ Lamartine（1790—1869），法国浪漫主义抒情诗人和政治活动家，代表作有诗集《沉思集》、长诗《约瑟兰》、短诗《湖》等。

④ 法语，这多美呀！

身子笔直、悄无声息地骑着把手高高的自行车；而午餐时，在有着橡木桌和彩色大窗户的出了名的餐厅里，他像鸟儿似的转动着脑袋，用长长的手指飞快地撕碎面包。据说，在这个世界上，这位英国人唯一所爱的就是俄罗斯。许多人不理解：为什么他不留在那里？遇到这类问题，穆恩总会回答："去问罗伯逊吧，"——那是一位东方学家——"他为什么不留在巴比伦。"这时人们就会完全合乎情理地反驳说，巴比伦已经不存在了。穆恩点着头，平和而狡黠地微笑着。在他眼里，布尔什维克发动的起义已经预示着一个清楚的定局。尽管他心甘情愿地承认，在经过最初的发展阶段后，随着时间的推移，苏联内部有可能会诞生某种文明，但他同时也坚持认为，俄罗斯已经完结并不复存在，可以像收藏漂亮的双耳陶罐那样，把它放进玻璃罩下。厨房炉子上烧着水的黏土罐与双耳陶罐没有丝毫共同之处。他觉得俄国内战很荒谬：一些人为过去的幽灵而战，另一些人则为未来的幽灵。与此同时，阿奇博尔德·穆恩悄悄地偷走了俄罗斯，并把它锁在自己的书房里。他欣赏这一定局。俄罗斯曾经因大海的蔚蓝和普希金诗歌那透明的紫红色彩而绚烂缤纷。近两年来，他一直在用英语写作俄罗斯的历史，并希望把它纳入一本厚厚的书卷中。扉页题词要通俗易懂（比如"美是永恒的喜悦"[①]），书页要用最薄的纸印刷，还要用柔软的上等摩洛哥山羊皮做封面。要在渊博的学识和紧凑生动的散文之间找到和谐，要给整整一千年描绘出一个完美的形象，这个任务实在艰巨。

① 出自英国著名浪漫主义诗人约翰·济慈（John Keats，1795—1821）的诗作《美是永恒的喜悦》。

十六

阿奇博尔德·穆恩使马丁惊诧和入迷。他的俄语说得很慢，多年的耐心使他消除了其中英语软腭音的最后痕迹，显得平稳、简单和富有表现力。他的知识鲜活、确切而有深度。他给马丁大声朗读俄国诗人的作品，马丁甚至不知道这些诗人的名字。阿奇博尔德·穆恩用微微颤抖的长手指按住书页，读出四音步抑扬格的诗句。房间里有点昏暗，灯光只照到书页和穆恩的脸，他的颧骨上泛着白色的光泽，额上有三条细皱纹，耳朵透出粉红色。读完诗，他抿紧窄小的嘴唇，如捉蜻蜓般小心翼翼地摘下夹鼻眼镜，用麂皮擦着镜片。马丁坐在扶手椅边缘，黑色方帽放在膝上。

“看在上帝的分上，把披风脱下来，把那顶帽子放到一边去。”穆恩痛苦地皱着眉说，“可别告诉我你喜欢搓帽缨。放一边去，放一边去……”

他会把在银盖上印有校徽的玻璃烟盒推向马丁，或是从壁橱中取出一瓶威士忌、带吸管的汽水瓶和两只酒杯。

“顺便问一句，你知道在俄罗斯那边运送葡萄的大车怎么叫吗？”他晃了晃脑袋问。当确定马丁不知道时，他兴致勃勃地继续说道：“莫扎拉，叫莫扎拉，先生。”也不知道是什么使他感到更大的满足：是他比马丁更好地了解克里米亚，还是他能带着俄语口音讲出“先生”这个和“空气”押韵的词来。他兴奋地告诉马丁，俄语“流氓”一词来源于对一群爱尔兰强盗的称呼，而戈洛达伊岛的名称不是从俄语“饥饿”一词得来，而是来自在那里建造了工厂的英国人霍利迪。有一天，在谈到某个无知的记者时（穆恩曾在《泰晤士报》上给他回过一封措辞严厉的信），马丁夹着俄语说那人没回信大概是因为“尿掉”了，穆恩扬起眉，查了查词典，然后问马丁是否曾在伏尔加河一带生活过。还有一次，马丁在形容谋杀时用了个俚语字眼，结果穆恩非常生气，叫嚷说俄语里没有这个词，也不会有。“我听到过这个词，大家都知道它。”马丁怯生生地说，索尼娅也支持他，她与母亲济拉诺夫夫人一起坐在长沙发上，不无好奇地看着马丁忙着招待客人。

“俄语构词，新词的产生，”穆恩突然转向笑容可掬的达尔文说，“与俄罗斯一起结束了，也就是在两年前。后来的一切都是小偷的黑话[①]。”

“我不懂俄语，请翻译一下。”达尔文回答。

“是啊，我们老是不知不觉就说起俄语来了。”济拉诺夫夫人说，“这样不好。先生们，请讲英语。”与此同时，马丁掀起罩在小松饼和烤面饼上的金属圆盖（这是服务员从学校食堂里送来的），检查着送来的食物是否正确，并把盛着它们的大浅盘移近燃烧着的壁炉。除了达尔文和穆恩，他还邀请了一位俄国大学生，大家就简单地叫他的名字瓦季姆，而现在马丁不知道是等他来呢还是先开始喝茶。这是济拉

① 原文为俄语。

诺夫家母女俩第一次来探望他，他一直担心会遭到索尼娅的嘲笑。她穿着深蓝色的套装，结实的棕色小皮鞋，皮鞋的长舌从里面伸出来，在鞋带下翻起来，从上面遮住了鞋带，舌端是皮穗子。她的前额上梳着剪齐的刘海，黑色的头发看上去有点粗糙，苍白脸颊上的酒窝与她那双黯淡无神、微微斜视的眼睛形成少有的搭配。这天早晨，马丁在车站迎接她和济拉诺夫夫人，后来他带她们参观古老的庭院、喷泉和两旁长满光秃大树的林荫道，讨人厌的大乌鸦呱呱叫着从树上飞起，一路上，索尼娅神情抑郁，一脸不悦，还说她觉得冷。她越过石栏望着波光粼粼的剑河，望着无光泽的绿色河岸和远处灰色的塔楼，然后突然眯起眼睛盘问马丁，问他是否打算去北方参加尤登尼奇将军[①]的军队。马丁吃惊地回答说"不"。

"那边那座淡红色的建筑是什么？"

"是图书馆。"马丁解释说。几分钟后，他正与索尼娅和她母亲走在一条拱廊下，这时他令人费解地说："一些人为过去的幽灵而战，另一些人则为未来的幽灵。"

"是啊，没错。"济拉诺夫夫人附和说，"这种反差叫我没法真正欣赏剑桥。真叫我心烦，这些美妙的古老建筑周围竟有这么多汽车、自行车、体育用品商店、足球……"

"这里的人在莎士比亚时代也踢足球。"索尼娅说，"让我心烦的，"她又补充道，"是有些人没完没了的陈词滥调。"

"索尼娅，注意礼貌，请别再说了。"她母亲说。

"唉，我又不是说你。"索尼娅叹着气说。他们默默无语地继续

① Yudenich (1862—1933)，俄国国内革命战争期间反对布尔什维克的沙俄将领，曾两度发起对圣彼得堡的进攻战役，战败后于1920年流亡法国并客死异乡。

走着。

“好像开始下小雨了。”马丁伸出手说。

“干吗不叫它‘天神的恩露’或‘雨中仙大人’？”索尼娅挖苦道，她调整了步伐，与母亲保持同步。后来，他们在镇上最好的饭店里吃午饭，这时她才快活起来。马丁的朋友达尔文那“猴子似的名字”逗得她直乐，而达尔文与那位异常和蔼的老服务员之间的对话也让她喜欢。

“您在研究什么？”济拉诺夫夫人客气地问。

“我？没研究什么。”达尔文回答，“我只是觉得，这条鱼比应有的多一根骨头。”

“不，不，我是指您研究什么学科，听些什么课。”

“对不起，我刚才误会您的意思了。”达尔文说，“但您的问题还是让我措手不及。我的记忆似乎不能从一堂课延伸到另一堂课。就在今天早上，我还问过自己到底在学些什么呢。记忆术吗？未必。”

午饭后他们又在一起散步，但是这次要愉快得多：第一，太阳出来了；第二，达尔文把大家带到一条长廊里，据他说，自古以来那里就有非常灵敏的回声——跺一下脚，回声就像球一样撞向远处的墙，再弹回来。达尔文跺了一下脚，却没有产生任何回声，于是他说，肯定是哪个美国人为了自己在马萨诸塞州的房子把它买走了。接着大家来到马丁的房间，不久阿奇博尔德·穆恩也来了，索尼娅悄悄地问达尔文，教授的鼻子上为什么要擦粉。穆恩开始用他那口纯熟的俄语讲话，卖弄着少见而又丰富的谚语。马丁心想，索尼娅的举止明显有失礼貌。她坐在那里板着脸，当目光与达尔文相遇时，她突然又会莫名其妙地大笑。而达尔文跷起二郎腿坐着，正把烟丝压进烟斗里。

“瓦季姆怎么还没来？”马丁不安地说，他碰了碰茶壶鼓出的侧面。

“算了，倒茶吧。”索尼娅说，于是马丁急忙摆弄起茶杯来。大家默默地望着他。穆恩抽着一支在英国被称作“俄国烟”的黄黑色香烟。

“您母亲常给您写信吗？”济拉诺夫夫人问。

“每星期都写。”马丁回答。

“她一定很想念您。”济拉诺夫夫人说，一边吹着茶。

“那个，我没看见柠檬。”穆恩敏感地说，这次又是用俄语。达尔文压低嗓子请索尼娅翻译。穆恩睨视了他一眼，开始改用英语说话。他故意操起不慌不忙的剑桥腔调说刚下过雨，但现在天已放晴，大概不会再下了。他提到了划船比赛，详尽地给大家讲了那个众所周知的关于大学生、衣帽间和表姐妹的笑话。达尔文抽着烟，喃喃低语道：“很好，先生，很好。您在休闲时也保持头脑清醒，不愧是个货真价实的不列颠人。”

十七

楼梯上响起了重重的脚步声，门突然打开了，瓦季姆走了进来。与此同时，他那辆停在巷子里、一侧踏板被放低顶在人行道边上的自行车也哐当一声摔倒在地，声音立即传到了低矮的二楼上。瓦季姆啃过指甲的手很小，因为在这么冷的天握车把而冻红了。他的脸上透出一层异常柔和均匀的红晕，流露出不知所措的困窘表情，为了掩饰这一点，他急促地呼吸着，仿佛喘不过气来似的，还不时吸着里面总是潮乎乎的鼻子。他穿着皱巴巴的灰白色法兰绒裤子，做工考究的棕色上衣，还有一双在任何天气任何时候都会穿的旧舞鞋。他继续喘着气，不知所措地微笑着，向大家问好，然后坐到他所喜爱的达尔文身边，不知为什么，他管达尔文叫“奶妈”。瓦季姆有一句经常说的俏皮话，是按照俄语韵律排列的一组短诗行：“大公熊往家走，小母熊在身后，两只熊儿手牵手，回家立马钻炕头，看它们好好玩，好好玩啊有没有。”他就像一个思想和词汇都很欠缺，却又无法保持沉默的孩子，话说得很快，断断续续的，同时夹着各种咝咝声、号叫声和吱吱声。在不好意思时，他说起话来更是支离破碎、荒唐可笑，给人感觉就像是一个腼腆羞涩、不爱说话的成年人和一个变化无常的婴儿的混合体。另一方面，他心地善良，待人友好，富有魅力，特别爱笑，感觉也十分敏锐（在很久以后的一个春日傍晚，有一次，瓦季姆与马丁泛舟河上，一阵微风拂过，不知从哪里飘来桃金娘的淡淡芳香，这时他说“闻起来就像在克里米亚”，真是一点也没错）。他在英国人中间很受欢迎，而他的大学导师—— 一个患有哮喘的胖老头和软体动物专家——会用柔和的喉音叫唤他的名字，并用十足的纵容对待他那十足的散漫。一天深夜里，马丁和达尔文帮着瓦季姆偷走了一家烟草商店的招牌，从此那块招牌便显眼地摆在他的房间里。瓦季姆还用简单机智的花招搞到了一顶警盔：他请一个好心的警察帮他翻墙，用一枚二点五先令的硬币作为酬谢，还拿出来在月光下晃了晃，可等他一爬上墙，他便弯下身，一把将警盔从警察头上摘走了。他还是火烧大马车事件的主谋：在盖伊·福克斯日[①]，全城燃起了欢庆的焰火，巨大的火堆在广场上熊熊燃烧，而瓦季姆和同伴用两英镑买下一辆老式四轮马车，装满干草，一把火点着。他们拉着这辆马车在街上飞奔，差点把市政厅烧了个底朝天。此外，他还是个讲粗话的能手——他就是这样一种人：迷上一支小曲便会无休止地重复它，喜欢粗俗下流的骂娘话、如轻柔爱抚般甜蜜的生理学术语以及一些被认为是莱蒙托夫所写的色情诗歌的片段。他只受过平凡的教育，一口英语说得十分离奇古怪、逗人喜爱，却很难让人听懂。他对海军，对布雷艇，对作战队形中无畏舰的美有种

① Guy Fawkes Day，11月5日，英国著名节日，用来纪念在1605年发生的“火药阴谋事件”。以盖伊·福克斯为首的一群英格兰天主教极端分子计划在伦敦国会大厦地下室内隐藏炸药，炸死11月5日前来参加国会开幕典礼的英国国王詹姆士一世等人。因阴谋提前败露，最终所有参与阴谋的成员均被抓获并残忍处死。后来每年到了这天晚上，英国人都会在广场上架起巨型篝火并焚烧盖伊·福克斯的模拟人像以示庆祝。该节日逐渐演化为供众人欢聚玩耍、观赏焰火表演的传统节日。

格外的激情。他能一口气玩上几个小时的玩具小兵，用银色的大炮发射豌豆炮弹。他的俏皮话、舞鞋、腼腆和恶作剧，还有他那柔和精致、透出绝美的红润色泽的脸颊——所有这一切，再加上他那高贵的王子头衔，都对阿奇博尔德·穆恩产生了一种无法抗拒的诱惑，令其痴迷兴奋，就像这位面色苍白、形单影只、戴着蒙了水汽的夹鼻眼镜、听着莫斯科的吉卜赛人歌唱的英国人从前喜爱香槟酒配咸杏仁那样。可现在，穆恩手中拿着茶杯坐在壁炉旁，嘴里嚼着小松饼，听济拉诺夫夫人对他讲着她丈夫打算在巴黎开办的报纸。马丁则忐忑不安地想，邀请瓦季姆来是个错误的决定：他一言不发，在索尼娅面前扭扭捏捏，还暗中从糕饼上剥下葡萄干，悄悄扔到达尔文身上。索尼娅也陷入了沉默，坐在那里若有所思地望着自动钢琴。达尔文轻晃了下身子，走近壁炉，倒出烟斗里的灰，然后背对炉火取起暖来。“奶妈。”瓦季姆轻轻说着，笑了起来。济拉诺夫夫人正热烈地谈论着丝毫也不能触动穆恩的事。窗外天色已晚，从远处的什么地方传来报童的吆喝声：“卖报喽！卖报喽！”

十八

时间到了，济拉诺夫家母女俩该去赶火车返回伦敦了。阿奇博尔德·穆恩在第一个拐角就向大家告别，又对瓦季姆（他在穆恩背后通常用一个粗野的词叫他，还加上“踩着滑轮”的字眼）温柔一笑，身子挺得笔直地飘然溜走了。瓦季姆把手搭在旁边达尔文的肩膀上，沿着人行道默默地骑了一会儿，后来匆忙告别，驱车离去了，嘴里还弄出坏了的汽笛发出的声音。其余的人来到了车站，达尔文给自己和马丁买了站台票。索尼娅累了，她情绪激动，不停地眯着眼。

“好了，谢谢您的盛情接待，谢谢这次美好的聚会。”济拉诺夫夫人说，“您给母亲写信时请向她转达我的问候。”

但是马丁没有转达问候——这种事他是很少做的。通常，对他来说，写信就是件很难的事：比如，今天，乱糟糟的，某些地方不知为何还比较失败，令人非常不悦，对这些事他该如何下笔呢？他胡乱写了十来行字，复述了关于大学生、衣帽间和表姐妹的笑话，要母亲相信，他十分健康，按时吃饭，身上穿着一件汗衫（这是假话）。他头脑中突然浮现起这样的图景：邮递员在雪地里走着，发出喀嚓喀嚓的声响，雪地上留下了蓝色的脚印。于是他这样写道：“邮递员将把信送去。我们这里在下雨。”他想了一下，划去了邮递员这行字，只留下了下雨这句话。他把地址写得很大很仔细，同时他再次想起了一位同学对他说的话：“从姓氏来判断，我还以为您是美国人。”令他遗憾的是，每次他都忘了把这句话写进已经封口的信中，而后又懒得拆开它。在信封角上他不小心弄上了一块墨点。他眯起眼睛对它看了很久，最后终于把它变成了一只背对读者的黑猫。埃德尔韦斯夫人将这个信封与他的许多信件一起保存着。每学期结束时，她就将它们堆成一叠，用丝带交叉捆起来。几年以后她便需要重新阅读它们。第一个学期的信件相对比较多。这封信里提到了马丁来到剑桥大学，那封信中第一次提到了达尔文、瓦季姆和阿奇博尔德·穆恩；这封信写于十一月九日——他的命名日，马丁在信里写道：“这一天，鹅走到冰上，狐狸变换窝穴。”而那封信上带有被划掉却依然看得清的字迹：“邮递员将把信送去。”看到这里，埃德尔韦斯夫人马上清楚地回忆起，像往常一样，她与亨利在积压着大块雪团的冷杉树之间，在闪着亮光的路上走着，突然传来响亮的铃铛声，接着就是送邮的雪橇和信件，她急忙摘下手套拆信。她回忆起，在那个时候，几乎在后来一年的时间里，她极为担心马丁什么也不对她说就投奔北方的白卫军打仗去了。稍微能安慰她的是，在那里，在剑桥大学，有一个天使般的人影响着马丁，使他平和下来，这人便是品学兼优、通情达理的阿奇博尔德·穆恩。但是马丁毕竟还是可以偷偷溜掉的。只有儿子在她身边，在瑞士度假时，她才完全放心。多年过后，她满怀痛苦地重新阅读那些信件，尽管它们都是伸手可触的实在之物，但与没有信件送来的那些时间间隔相比，这些信件反而更加令人胆战心惊。她常常回忆马丁活生生地就在自己身边，以此来填补这些间隔——圣诞节了，又是复活节了，夏天也到了。在那三年里，直到马丁大学毕业，她的生活就像是一扇扇窗户。她对那些窗户记忆犹新。瞧，这是马丁的第一个寒假，亨利按她的建议给马丁买的滑雪板，还有正在穿滑雪板的马丁……“我必须勇敢起来。”埃德尔韦斯夫人悄悄对自己说，“毕竟，奇迹确会发生。人必须抱着信念继续等待。如果亨利露面时袖子上还戴着那块黑纱，我就离开他。”泪水滑过她的脸庞，她透过婆娑的泪眼，在微笑中用颤抖的双手继续拆阅信件。

马丁第一次圣诞节回家的情景，在他母亲的记忆中保留得如此生动鲜明，而对马丁来说也像是在过节。一切都是白茫茫的，这让他有种奇怪的感觉，仿佛自己回到了俄罗斯，但是，出于对自己敏感天性的羞耻心，他没好意思把自己的想法告诉母亲，使她失去了又一个在未来的心酸回忆。叔叔送他的礼物让他喜出望外，他的脑海中一时浮现出了圣彼得堡郊外一片白雪皑皑的斜坡——不过，当然了，在那些遥远的日子里，他那穿着俄国毡靴的脚趾，伸进的是带有普通圈环的轻型儿童滑雪板，在那翘起的一端还连着一根绳子，供滑雪的小孩抓住。和以前不同，这对新滑雪板是用坚固柔韧、货真价实的白蜡木做的，靴子也是真正的滑雪靴。马丁弯下一只膝盖，调整着后脚跟的皮带，拨回侧扣环上那坚硬的扣针。冰冷的金属刺痛了他的手指。穿好另一只滑雪板后，马丁从雪地上捡起手套，挺直身子，踩了几下，检查一切是否牢固，然后大步向前滑去。

是啊，他发现自己又回到俄罗斯了。这里有在普希金诗中用白雪铺就的华丽“地毯”，而阿奇博尔德·穆恩响亮地背诵着普希金的诗作，陶醉在那节奏明快的四音步抑扬格中。在覆满积雪的冷杉树上方，天空明净蔚蓝。一只松鸦在枝头飞来飞去，树枝上的雪块被抖下来，在空中消散为细末。穿过针叶林后，马丁进入了一片开阔的空地，去年夏天，他曾从这里走下去，来到了当地的大华宾馆。他能瞧见宾馆就在远处的下面，一缕玫瑰色的轻烟在烟囱上袅袅升起。在这座宾馆里，究竟是什么东西如此强烈地吸引着他？那年夏天，他在这里只发现了一群吵吵嚷嚷、瘦骨嶙峋的英伦飞女郎，既然如此，他为何还要急匆匆地赶过来呢？但不容置疑的是，这座宾馆在召唤他：反射的阳光在它的窗户上闪耀，默默地向他发出邀请的信号。这么神秘不可思议的干预侵扰，这么深奥不可捉摸的坚持强调，马丁甚至感到有些害怕起来。以前，在这片风景中，他也曾从某些细微的景致里见过这个信号。他必须下去：无视这样的逢迎将是个错误。坚固的雪地表面在滑雪板下发出悦耳的嚓嚓声，马丁沿着斜坡滑得越来越快。后来，在剑桥大学寒冷的宿舍里，有多少次他也是在梦中这样滑行，并突然在震耳欲聋的雪崩中跌倒，醒了过来。一切都像以往一样。从隔壁的客厅里传来闹钟的滴答声。一只老鼠在地板上推滚着一块糖。有人走过人行道，然后脚步声就消失了。他在床上翻了个身，一下子又睡着了。早晨，在半睡半醒中，他听到从客厅里传来其他声响：纽曼太太正在忙碌，挪动物品，在炉火上堆起煤块，撕碎报纸，擦燃一根火柴——现在她离开了，早晨那甜美的宁静中慢慢注入了生好火的壁炉发出的嗡嗡声。

"那里毕竟也没有什么特别。"马丁想了想，便探身向床头柜拿烟卷，"大多是些穿毛线衣的中年人。形而上学糊弄人的好例子。啊，今天是星期六，我们要去伦敦。为什么达尔文一直会收到索尼娅写来的信呢？我要从他嘴里把这个秘密掏出来。今天不去上格热辛斯基的课真是个好主意。瞧那个老巫婆来叫我起床了。"

纽曼太太送来了茶。她上了年纪，长着红色头发和一双狐狸般的小眼睛。“先生，昨天晚上您没穿披风就出去了。”她冷漠地说，“我必须向您的导师报告。”她拉开窗帘，三言两语准确地议论一通天气之后，就走开了。

马丁穿上睡袍，走下吱嘎作响的楼梯，敲了达尔文的门。达尔文已经刮好胡子，洗漱完毕，正吃着培根和炒鸡蛋。一本厚厚的马歇尔政治经济学教材摊开着放在盘子旁边。

“今天又有信？”马丁严肃地问。

“是我的裁缝写来的。”达尔文一边回答，一边津津有味地咀嚼着。

“索尼娅的字写得不怎么样。”马丁指出。

“非常难看。”达尔文喝了一口咖啡，表示同意。马丁从后面走近他，双手掐住达尔文的脖子，开始勒紧。

“培根还是咽下去了。”达尔文用卡紧的嗓子沾沾自喜地说。

十九

晚上两人去了伦敦。达尔文在一套迷人的两室公寓里过夜，这是俱乐部为单身青年提供的，而达尔文的俱乐部是伦敦最时髦最有档次的俱乐部之一，那里有垫得厚厚的扶手椅、封面光滑的杂志和踩上去无声无息的厚地毯。马丁这次住进了济拉诺夫家楼上的一间卧室里，因为内莉在雷瓦尔[1]，而她的丈夫正在开赴圣彼得堡的路上。马丁来到时，家里没有别的人，只有米哈伊尔·普拉托诺维奇·济拉诺夫在自己书房里忙着写东西。他是个矮壮结实的人，有着带鞑靼人特征的脸和像索尼娅那样没有光泽的深色眼睛。他总是穿着一件浆得笔挺的衬衫，那对圆柱形的袖口可以拆下，衬衫上的硬衬胸向前鼓起，使他的胸部显得像鸽胸一样。他属于这样一种俄罗斯人：醒来后第一件事是套上晃动着吊带的裤子，早晨只洗脸、脖子和手——但洗得很仔细，把每周的沐浴看作是件有某种冒险意义的事。他一生游历了不少地方，对从事自由政治活动十分热情，在他的设想中，生活就是在许多城市里不停地开代表大会，后来他从苏维埃的枪口下奇迹般地逃生，外出时总是带着一只鼓鼓的公文包。当有人若有所思地问“我该拿这些书怎么办——外面在下雨”时，他会沉默不语，异常熟练地用一张报纸飞快包起书，在公文包里翻寻一阵，掏出一根绳子，刹那间就用它十字交叉地扎成一个清爽的包裹，而那位倒霉的熟人不停地变换着双脚，带着不安的感动看着他。“给您，拿去吧。”济拉诺夫说，然后他匆忙告别，赶往里加、贝尔格莱德或是巴黎。他总是轻装旅行，公文包里只装着三块干净手帕。他坐在火车里，对如画的风景一概熟视无睹（而这些风景正是快速列车在穿越其中时努力想向乘客们展示并取悦他们的），埋头于阅读小册子，偶尔在页边上做些标记。马丁一方面惊诧于济拉诺夫对风景、舒适和洁净漠不关心，一方面又对他那埋头苦干、略显枯燥的勇敢精神钦佩不已，每次见到他，马丁都会情不自禁地想起，这个看上去似乎很少运动、大概只会打打台球或滚木球的人，却能通过排水管逃离布尔什维克之手，还曾经跟一个十月党人图奇科夫决斗过。

“欢迎，”济拉诺夫伸出一只黝黑的手说，“坐下。”马丁坐下了。济拉诺夫又开始全神贯注地盯着已经写了半页的纸，拿起笔，在纸的正上方颤动晃悠了一会儿，然后快速书写起来，一边任笔驰骋一边说：“她们大概马上就回来了。”

马丁从旁边桌子上拿过一张报纸——原来是在巴黎出版的一份俄国流亡者报纸。

“功课怎么样？”济拉诺夫问，他没有从奋笔疾书中抬起眼睛。

“挺好的。”马丁放下报纸说，“她们出去有多久了？”济拉诺夫没有回答：那支笔正在全速移动。然而，几分钟后他又开口了，仍然不看马丁：“你们平时都无所事事，我猜。这里的大学关心的只有一件

---

① Reval，现爱沙尼亚首都塔林市的旧称（1918年以前），海港城市，濒临芬兰湾。

事——体育运动。”

马丁咧嘴一笑。济拉诺夫拿出一张吸墨纸，在刚写下的字行上飞快地捶了捶，说：“您母亲一直请求我提供些其他信息，但更多的情况我也不知道。那时我在克里米亚还给她写过信，把我所知道的一切都告诉她了。”马丁清了清嗓子。

“咋地喽？（怎么了？）”济拉诺夫问，他在莫斯科学会了这点糟糕的俄语。

“没什么。”马丁回答。

“当然，我说的是关于您父亲去世的情况。”济拉诺夫说，并用他那无光泽的眼睛望了马丁一眼，“如果您还记得，当时是我通知了你们。”

“是的，是的，我知道。”马丁急忙点头说。当有陌生人对他说起他的父亲时，即使他们怀着最良好的意愿，马丁还是总会感到不自在。

“我们最后一次见面的情形，我还记得很清楚，就好像是今天发生的事情。”济拉诺夫继续说，“我们是在街上偶然碰到的。当时我已经躲起来了。起先我不想走近他。但是，谢尔盖·罗伯托维奇看起来病得很厉害。我记得，他很不放心您和您母亲在克里米亚的生活。两天后我去看他，却见到别人正抬着棺材出来。”

马丁不停点着头，痛苦地寻找着改变话题的方法。这是济拉诺夫第三遍对他讲所有这些事了，而且总的来说叙述也相当苍白。济拉诺夫把纸翻过来。他的笔颤动着，然后继续开始书写。为了打发时间，马丁再次探身去拿报纸，就在这时，前门的门锁喀嚓响了一下，门厅里响起了说话声、脚步的沙沙声，还有伊琳娜可怕的咯咯狂笑声。

二十

马丁走出去迎接她们，像平常见到索尼娅时一样，他一下子感到，自己轮廓鲜明地站在一块黑色背景布面前。在她上一次来剑桥时是这样（与她一起来的济拉诺夫折磨般地问了马丁许多问题：各个学院建立有多少年了？图书馆有多少书？而同时索尼娅与达尔文正轻声地为什么事情而发笑），现在也是这样：那种古怪的迟钝感觉又降临到他的身上。他的淡蓝色领带、软翻领的尖端、双排扣的西装——一切似乎都很正常，但是在索尼娅深奥莫测的眼光的注视下，马丁觉得自己衣服穿得很糟，头发梳得很乱，肩膀长得像家具搬运工，而脸则圆得显出一副蠢样。最近因为当守门员和练拳击，他的一双手变红肿了，粗大的指关节也令人厌恶。那种曾因充满力量的肩膀、干净光滑的脸蛋和不久前补好的牙齿而引起的持久满足感，在索尼娅面前刹那间就荡然无存了。他觉得显得特别愚蠢的是他的眉毛，它们在半路上就渐渐消失了，只有在鼻梁附近比较稠密，后来，连朝太阳穴方向的也令人惊讶地变得稀稀落落了。

大家坐下来吃晚饭。巴甫洛夫夫人也是个面色阴郁的矮胖女人，与她姐姐长得十分相像，而且更鲜有笑容。她总是小心翼翼地盯着伊琳娜，注意让女儿得体地吃东西，别太贴着桌子，别去舔刀子。济拉诺夫稍迟些才来，迅速干练地把一角餐巾塞进领口，在椅子里稍稍抬起身，隔着整张桌子拿了一个面包，一下子把它切开，抹上黄油。他妻子读着一封从雷瓦尔寄来的信，边读边对马丁插上一句："请随便吃。"坐在马丁左边的伊琳娜躁动不安，用手挠着腋窝，嘴里含混不清地咕哝着什么，表达自己对冻羊肉的喜爱。在马丁右边坐着索尼娅，她用刀尖取盐的做法，她那头粗糙闪亮的黑色短发，苍白脸颊上的小酒窝，都难以言状地刺激着他。晚饭后达尔文打电话来，提议去跳舞，索尼娅扭捏一阵，同意了。马丁去换衣服，就在他已拉上丝袜时，索尼娅隔着门对他说，她累了，哪儿也不去了。过了半小时，达尔文来了，他高高兴兴，个子高大，衣着漂亮，歪戴着大礼帽，口袋里装着去一家高贵舞厅的门票。马丁告诉他，索尼娅没有精神，已经躺下睡了。达尔文喝光一杯温热的茶水，近乎自然地打了个哈欠说，在这个世界上，一切总会好起来的。马丁知道，达尔文到伦敦来的唯一目的就是看索尼娅。当达尔文吹着口哨，戴着不需要的大礼帽，穿着晚礼服斗篷，在空旷黑暗的街道上远去时，马丁为他感到非常委屈。他轻轻关上大门，上楼往卧室走。索尼娅悄悄从房里溜出来，在走廊中与他见面，她穿着日本和服，脚上是一双卧室里的无跟拖鞋，看上去非常矮小。

"他走了吗？"她问。

"您可真坏。"马丁没有停下脚步，轻声说。

"您本可以留住他。"她尾随着他说，并飞快地补充道，"我这就去给他打电话，我去跳舞，就这样。"

马丁什么也没回答，他砰的一声关上了门，生气地刷完牙，猛地掀开被窝，仿佛想从里面赶走谁似的，然后一转手指恶狠狠地关上了灯，把被子蒙在头上。但几分钟后，隔着厚厚的被子，他听到走廊里响起了索尼娅急促的脚步声、她的关门声——她不可能真的下楼去打电话了吧？他竖起耳朵仔细倾听，在一阵新的寂静后，突然又响起了她的脚步声，不过这已经是另一种声音了，更加轻柔，近乎超凡一般飘逸。马丁按捺不住了。他踏出房间进入走廊，正好看见索尼娅连蹦带跳地下了楼梯，她穿着一身火烈鸟颜色的红裙子，手中拿着羽毛扇，黑头发上包着什么闪亮的东西。她房间的门是开着的，灯也没有关，房里还弥漫着一团香粉，犹如开枪后的烟雾，一只被当场枪毙的长袜扔在椅子下面，衣柜里五颜六色的衣物丢在地毯上。

马丁不但没有为朋友高兴，反而感到极为痛苦。屋子里一片沉寂，只有从主卧里传出沉重的鼾声。“见她的鬼去吧！”他咕哝着，暗自盘算自己是不是也该和他们一起参加舞会——毕竟有三张票呢。他仿佛看见自己飞奔上华丽的阶梯，脚蹬系着平蝴蝶结的舞鞋，身穿晚礼服和配有褶边衬胸的丝绸衬衫（就像当年的那些花花公子炫耀的那样）。从敞开的房门中传出了热情如火的音乐声。女人那柔软而富有弹性的腿总是顺从着你，一直触碰爱抚着你，芬芳的秀发在你唇边滑动，香粉从她的面颊上飘落，留在你的丝绸翻领上——这一切平凡的事物自古就有，亲切温柔，令马丁异常激动。他喜欢与不认识的女士跳舞，喜欢空洞却纯洁的谈话，通过这种谈话，你可以倾听到那迷人而模糊的旋律，它将潜入你和她的内心深处，延续两三个节拍，在发现没有什么结果后，它就永远消失，被彻底忘却了。然而，当身体的接触尚未分开，潜伏中的爱情便会露出端倪，在萌芽时就已经包含了一切——昏暗的房间里，两人之间突然一片静寂，男人用战栗的手把刚开始抽的烟按进烟灰缸，女人像在电影里那样慢慢闭上眼睛，令人着迷的黑暗，在黑暗中有一个光点，一辆闪光的豪华轿车穿过雨夜飞速奔驰，突然，眼前是一座白色的露台和大海那令人目眩的涟漪，马丁对他带来的女人轻轻说："你的名字——你叫什么名字？"树叶的阴影在她那条发光的裙子上游移。她站起身，飘然离去。贪婪的赌台管理员用钱耙扒走了马丁最后的赌注，他身无分文，只能把手伸进晚礼服空荡荡的口袋里，慢慢地走进赌场花园，然后去码头签约当搬运工——瞧，她又出现了，在别人的快艇上容光焕发，笑声不断，把硬币投到水里。

"真奇怪！"达尔文有天晚上说，他正与马丁一起从剑桥大学的小电影院里出来，"毫无疑问，这部电影拍得很差劲，剧情庸俗下流，很不真实，可看着那些飞溅的泡沫，快艇上的那个红颜祸水，还有那位倾家荡产、衣衫褴褛、把眼泪往肚里吞的男子汉，还是有什么东西叫人心潮澎湃。"

"旅行真好！"马丁说，"我很想多旅行。"

这段谈话发生在四月的一个晚上。暑假开始不久，已经身在瑞士的马丁收到了一封达尔文从特内里费[1]寄来的信，这使他偶然想起了那场对话的只言片语。特内里费——我的天哪！一个多么美妙、翡翠般的绿色词汇呀！时间正是早晨。玛丽正跪在角落里，拿着地板抹布往桶里拧干，她已经丑了很多，外表变得异常臃肿。大朵大朵的白云飘浮在山峰上空，有时，几缕烟雾般的云丝会降到远处的斜坡上，光线伴随日出日落一直在这些斜坡上变幻着色彩。马丁走到屋外的花园里，亨利叔叔正戴着一顶大得出奇的草帽，在那里与乡村天主教神

① Tenerife，西属加那利群岛中最大的一座岛屿，位于大西洋上。

甫聊天。神甫是位戴眼镜的小个子，老是用左手的大拇指和小拇指扶眼镜，他深深地鞠了一躬，黑色长袍发出窸窣的声响，然后沿着闪耀的白墙走开，爬进他的轻便二轮马车里，车前套着一匹红白相间、全身长满深黄色斑点的大肥马。马丁说："这里非常好，我十分喜欢这块地方，不过，我还是想到别处走走，比如，去加那利群岛转转，就待一两个星期。"

"糊涂，真糊涂。"亨利叔叔吓了一跳，小胡子微微翘了起来，"你母亲一直急着等你回来，现在她感到非常幸福，因为到十月份你都可以陪在她身边——可你突然又要走了……"

"我们可以一起去。"马丁说。

"真糊涂。"亨利叔叔用法语重复说，"以后，等你完成学业再去，我不反对。我总是认为，年轻人应该去见见世面。你要记住，现在你母亲刚从恐惧不安中恢复过来。不，不行，不行。"

马丁耸了耸肩，接着就把手伸进短裤的口袋里，沿着通向瀑布的小径慢慢走去。他知道，母亲正在落叶松遮蔽的岩洞旁等他：他们是这样约定的。她很早就出去散步，不想叫醒马丁，便给他留了字条："十点钟，在岩洞旁"或者"在去圣克莱尔的路上，泉水边"。但是，虽然知道她在等他，马丁还是突然改变了方向，离开小径，穿过帚石楠向上走去。

二十一

斜坡越来越陡，烈日灼人，苍蝇老想落到他的嘴唇和眼睛上。走到一片圆形的白桦林后，他休息了一会，抽了根烟，拉紧运动长袜，然后嚼着一片白桦树叶继续向上走。脚下的帚石楠很滑，发出咯吱咯吱的响声。有时低矮的刺灌丛会钩住他的脚。在斜坡上面，一大堆岩石闪耀着，一条斜沟在它们之间穿过，这条斜沟是一道扇形的裂缝，填满了小石块，他一踩上去，它们就动起来。走这条路无法到达山顶，于是马丁干脆就顺着岩石爬。有时候他抓住的灌丛根断了或长满苔藓的土松动了，他便拼命寻找脚下的支点，或者，反之，当脚下失去了立脚点时，他就靠双手悬着，艰难地向上攀爬。他抓着一簇开着野花的小灌木丛，几乎已经爬到山顶了，这时突然脚下一滑，开始向下溜去。他松了手，感到一阵剧痛袭来，原来是膝盖被岩石划破了。陡峭的山坡在他身下直往上滑，他想抱住这块斜坡不放——这时突然有什么救命的东西在脚下顶住了他。

他发现自己落到了一块突出的悬崖上，右边逐渐变窄，与峭壁融为一体，而左边几码远外有道拐弯，后面是什么不得而知。这块岩石架让马丁想起噩梦中的舞台布景。他站在那里，用身子紧紧地贴住岩石，不敢脱离，在刚才的滑落过程中，他的胸膛在岩石上擦出了道道瘀伤。他费力地回头瞥了一眼，看见了巨大的悬崖，沐浴着阳光的深渊，深渊底部是沿着山坡向下撤退的森林，几棵冷杉树远远落在后面，正惊慌地追赶着大部队，再往下是陡峭的草地和那座小小的、乳白色的宾馆。“啊，原来它是这个意思。”马丁打了个寒战，迷信地想，“我要掉下去了，要死了，它就是在等我这样。这……这……”俯瞰深渊和仰望绝壁一样可怕。脚下踩着的书架般宽的岩石架，还有手指抓住的岩石上崎岖不平的地方——这就是马丁所习惯的现实世界所留给他的一切。

他感到虚弱无力，头晕眼花，恶心害怕，但与此同时，仿佛灵魂出窍一般，他异常清醒地从外部观察着自己，看到他穿着领口敞开的法兰绒衬衫，笨拙地贴在岩石上，一粒蓟球粘住他的长袜，一只全黑的蝴蝶以令人羡慕的漫不经心，像个小鬼似的悄悄飞过，并顺着岩石向上飞。虽然周围没有值得让他炫耀的人，马丁还是开始吹起口哨，接着他暗自发誓，无论如何也不去理会深渊的邀请。他开始慢慢地移动双脚，向左边挪动。啊，要是他能看到拐角后面的悬崖就好了！岩墙仿佛朝他胸前挤压过来，把他推向绝壁，他感到了背上吹过的冷风，仿佛是悬崖在不耐烦地朝他吹气。他的指甲挖进了滚烫的石头里，一簇簇蓝莹莹的花朵正在绽放，一只蜥蜴飞快地爬出一个不完整的“8”字，然后又停住不动了，苍蝇痒兮兮地叮在他的脸上。他不得不时常停下来，并听到自己在抱怨“我再也不行了，不行了”。发现这种情况后，他开始嚅动双唇，唱出狐步舞或马赛曲的主旋律，然后舔舔嘴，边叫着苦边继续向左侧移动。离拐角大概还有一码远时，脚底下有什么东西撒落下去，他不由自主地转过脑袋：在阳光明媚的虚空中，宾馆像一个白色斑点似的慢慢旋转起来。马丁闭上眼睛，突然停住脚步，但他随后克制住恶心，开始继续移动。在转弯处，他飞快地说：“我求求你，求你了！”他的请求立刻得到了满足：转弯后，岩石架变宽了，变成了平台，更远处就是那熟悉的碎石堆和长满帚石楠的斜坡。

在那里马丁松了口气，感到全身酸痛战栗。他的指甲变成了暗红色，仿佛他刚摘过草莓似的，磨破的膝盖火辣辣地疼。他觉得，刚刚经历的危险比在克里米亚愚蠢撞上的那次夜间遭遇更加真实。现在他为自己感到骄傲。然而，当马丁自问，如果让他故意再走一遍，他是否还能重新做到刚才在无意中完成的壮举，这份骄傲突然变得索然无味。过了几天，他忍不住又顺着那条长满帚石楠的陡坡攀爬，在到达那块平台后，面对那道悬崖开始的地方，他却不敢踩上去了。这让他恼怒不已，他试着给自己打气，嘲笑自己胆小怕死，还想象达尔文正一脸讥笑地望着他。他在那里站了一会，然后耸耸肩，转身走了，竭力不去理会那个在他心里破口大骂的恶棍。这个混蛋一次又一次地闯进他心里大肆捣乱，直到暑假结束，最后马丁决定再也不去爬那座山了，免得一看到那道不敢走的狭窄岩壁心里就不好受。

在十月份，他怀着对自己不满的痛苦心情回到了英国，从车站直接去了济拉诺夫家。为他开门的女仆是新来的，这令他不快，好像他突然来到了一户陌生人家。一身黑衣的索尼娅站在客厅里，轻轻抚整着鬓发，然后照她的习惯，生硬直接地把手递给他。马丁惊讶地想，整个夏天他一次也没有想她，没有给她写一封信，望着她阴郁苍白的脸，他感到不是滋味，但不管怎样，跑这一趟远路还是值得。“您大概不知道我家的不幸。”索尼娅说，并有点生气地叙述起来：上星期在同一天，他们收到消息，内莉在布林迪西[①]死于生产，而她丈夫在克里米亚被打死了。“啊，这么说他离开了尤登尼奇麾下，想去投奔弗兰格尔[②]。”马丁迟疑地说，并清楚想象着他只见过一次的内莉的丈夫以及内莉本人，当时他觉得她是个枯燥无味的人，而现在她已经死在了布林迪西。“妈妈的情况很糟糕。”索尼娅一边翻着放在沙发上的书一边说。过了一会儿，她又补充道：“而爸爸一直在秘密旅行，天晓得他去了哪些地方，最远可能都到基辅了。”她用大拇指掀起几页纸，让它们飞快地落下。马丁搓着手，坐到扶手椅上。索尼娅啪的一声合上书，抬起脸说：“达尔文表现得很完美，真的很完美。他帮了我们很大的忙。他说的话真叫人感动，而且字字得体，没说一句错话。今晚您在我们这里过夜吗？”“老实说，”马丁回答，“我今晚也可以回剑桥。住在这里也许你们会不方便。”“不，您胡说什么呀。”说完索尼娅叹了口气。楼下响起了用晚餐的锣声，这与家中弥漫的服丧气氛格格不入。马丁去洗手，打开卫生间门后，与济拉诺夫碰了个照面，他没有像平时那样锁上门，而是用无神的目光看了一眼马丁，不急不忙地把扣子扣进纽洞。“请接受我最深切的哀悼。”马丁低声说，还傻乎乎地点着鞋后跟。济拉诺夫半合上眼睛表示感激，握了握马丁的手。这一切都是在卫生间门口发生的，这突出说明，此番握手和所说的话是多么荒唐。济拉诺夫慢慢地走开了，他的大腿颤动着，仿佛要抖掉两腿中间的什么东西

① Brindisi，意大利东南部海港城市，古代曾是意大利的贸易中心，现存许多中世纪教堂和古罗马遗迹。

② Wrangel（1878—1928），男爵，一战期间任哥萨克师师长。1917年十月革命爆发后，加入邓尼金的白军。1920年4月任白军总司令，成为俄国内战最后阶段的白军将领。6月在乌克兰发动新的进攻，11月被红军击败，溃退至克里米亚后乘船逃往君士坦丁堡并亡命西欧，最后客死比利时。

似的。马丁在镜子中看到了自己因痛苦而皱起的鼻子。“但是我的确应该说点什么的呀。”他从牙缝里挤出了这句话。

如果不算因循守旧的济拉诺夫在喝汤时发出的吮吸声，这顿晚餐是在沉默中进行的。伊琳娜与母亲在城外的疗养院里，而济拉诺夫夫人没有下楼来吃饭，因此只有他们三人坐着。电话响了，济拉诺夫急忙去了书房，边走边咀嚼。“我知道，您不爱吃羊肉。”索尼娅轻轻说，而马丁稍稍克制着笑意，只是默默一笑。“伊戈列维奇要来拜访。”济拉诺夫重新坐到桌旁说，“他刚从圣彼得堡来。请把芥末递给我。他说，他是披着白色裹尸布越过边境的。”“在雪地上不易被发现。”为了维持谈话，马丁稍后接口说，但是谈话没有继续下去。

二十二

事实上，亚历山大·纳乌莫维奇·伊戈列维奇是个长着大胡子的胖子，穿着灰色的针织马甲和破旧的黑套装，肩膀上有头屑，脚上是用普鲁涅拉面料制作的黑靴，两侧的鞋耳朝外突起，透过他那松垮垮的短袜，隐约可见长衬裤上的脚踝系带。他对无生命的物体毫不在意——例如，他总是机械地不停拍打椅子扶手，或者，当他不小心坐在一本厚书上时，他会面无表情地把它从自己身下抽出，放到一边，连看也不看一眼——所有这一切都表明，他与济拉诺夫在暗中有种相似之处。在获悉朋友的丧亲之痛后，他点着他那长着鬈发的大脑袋，只是短促地用舌头发出一阵啧啧声，然后立即用手掌在粗鄙的脸上从上到下抹了一把，不带任何前奏便开始讲起自己的故事。很显然，他满脑子里只有俄罗斯的不幸，这是唯一能吸引和触动他的事情。而马丁则在心里忐忑不安地想象着，如果这时候他打断伊戈列维奇紧张激昂的讲话，说起那则大学生和表姐妹的笑话，会造成什么局面。索尼娅远远地坐着，臂肘撑在膝盖上，脸捧在掌心里。济拉诺夫听着，一根手指放在鼻梁上，偶尔会放下手指说："请原谅，亚历山大·纳乌莫维奇，不过，比方说，当您刚才提到……"而伊戈列维奇会稍停片刻，眨着眼，然后继续讲述自己的故事。他那令人生厌的脸庞出色地表演着，不停地变换着表情——毛茸茸的眉毛、梨形鼻子的鼻孔和长着胡子的脸颊上的皱纹都在动；同时他那双指头上长着黑毛的手一刻也不安宁：拿起什么东西，抛下，又拿起，扔向四面八方。他一直在滔滔不绝地激烈讲述着处刑、饥荒、化作贫瘠荒漠的圣彼得堡，还有那个凶恶、愚钝、卑鄙的政权。他走的时候已过了半夜，已经走到门口了，他突然转过身来问，在伦敦买一双橡胶套鞋要多少钱。门关上后，济拉诺夫仍站在原地，陷入沉思，过了些时候才上楼到妻子那儿去。过了三分钟，响起了门铃声：伊戈列维奇回来了，原来他不知道怎么走到地铁站。马丁自告奋勇去送他。在他身边大步走时，马丁绞尽脑汁，想找个话题出来。“请提醒一下您父亲，”伊戈列维奇突然说，“我刚才忘了告诉他，马克西莫夫请他尽快提供那篇关于他参观南方志愿军印象的文章。他知道是怎么回事。您只要转达就行。马克西莫夫已经给您父亲写过信了。”“一定。”马丁回答说，他想补充些什么，但还是把话咽进了肚子里。

他慢慢地走回屋子，忽而想到身披白色裹尸布穿越边境的伊戈列维奇，忽而又想到在乌克兰的星空下，在一座被毁的车站上拿着公文包的济拉诺夫。上楼的时候，屋子里一片寂静。他边脱衣服边打哈欠，模模糊糊地感到一种奇怪的痛苦。床头柜上的灯很亮，松软宽大的被子泛着白光，女仆从卧具袋里取出的丝质睡袍舒展地搭在扶手椅上，闪着蓝光。突然，马丁懊恼地发觉自己忘了从客厅里拿书上来，他当时很想看那本书，还期待躺在床上读。他披上睡袍，下到二楼。这是一本破损的契诃夫作品集。他找到了它——不知为什么在地板上——然后回到卧室里。马丁属于这样一种人，对他们来说，睡前读本好书是件值得期待一整天的事情，他们在白天处理日常事务时，一旦偶然想起，在床头柜上有一本书正完好无损地等着他，心里便会涌上一种无法解释的幸福感。可现在，这种心痛的感觉并没有消失。马丁选好一篇小说开始阅读。这篇小说他熟悉，也很喜欢，可以接连读上一百遍，这就是《牵小狗的女人》。啊，在人群中，在雅尔塔的堤岸上，她遗失了那副长柄眼镜，多好呀！这时，他突然毫无来由地意识到是什么使他如此不安了：就在一年前，内莉还睡在这个房间里，而现在她已经不在人世了。

"真是胡思乱想。"马丁咕哝着，试图继续看书，但这已经不可能了。他回忆起了很久以前的那些夜晚，当时他曾等待父亲的灵魂从角落里发出一下刺耳的声响。马丁的心剧烈跳动起来，床上变得又热又不舒服。他想象着自己将来会怎样死去，觉得天花板仿佛正在无情地缓缓压下来。在更黑暗的房间某处，什么东西开始飞快地发出撞击声，马丁的心漏跳了一拍。但那不过是从盥洗池里溢出的水滴落在漆布上的声音。倒也真奇怪啊：如果世上真的有灵魂，那么一切就都好办了，因为这说明人死后也可以四处活动——既然如此，为什么它还这么叫人害怕呢？"我自己将怎样死去？"马丁心想，并开始在脑海中回顾各种各样的死法。他看见自己被押在墙边站着，胸中憋得满满的，喘不过气，等待排枪齐射，同时怀着强烈的绝望回忆着此时此刻，这间明亮的卧室，这个柔和的夜晚，还有这份无忧无虑的安全感。然后还有疾病，要将他剖腹开膛的可怕疾病。或者可能是一起铁路事故。或者他只不过会静静终老，在梦中长眠。要不然就是他在一片黑幽幽的树林中被人追捕。"真是胡思乱想。"马丁想，"我年纪轻轻，有的是时间。而且每一年就代表一整个时代。有什么可忧虑的呢？不过也许内莉就在这里，现在正看着我？也许——马上，就是现在——

她就会给我信号？”他看了一下钟，快两点了。不安的心情变得叫人无法忍受。寂静仿佛在等待着——要是这时听到远处的汽车鸣笛声，也是一种幸福。寂静的水面在不断升高，突然漫过了边缘：有人正在走廊里踮着脚尖光脚走着。

“睡了吗？”低声的问话传进门来，马丁觉得喉咙里一紧，没有立即应声。索尼娅轻轻交替移动着脚尖和脚跟，悄悄地溜进房中。她穿着黄色睡衣，一头黑发有些散乱。她就这样站了一会，眨巴着打结的睫毛。马丁从床上坐起来，傻乎乎地笑了。“我怎么也睡不着。”索尼娅用奇怪的声音说，“我很紧张，很害怕，还有他讲的那些可怕的事！”“索尼娅，你为什么光着脚？要穿我的便鞋吗？”她摇了摇头，若有所思地噘起嘴唇，接着又甩了甩头发，随意地看了看马丁的被窝。“来——来。”马丁拍着床脚上的被子说。她爬上床，先是跪着，然后慢慢挪动着，蜷缩在角落里，在被子上面，在墙和床尾之间。马丁从脑袋下拉出枕头，垫到她背后。“谢谢。”她无声无息地用俄语说，只能根据苍白而柔软的嘴唇的翕动来猜测话的意思。“舒服吗？”马丁不安地问。他夹紧膝盖，免得妨碍她，后来又俯身向前，从扶手椅上取下睡袍，盖住她的光脚。“给我支烟。”一阵短暂的沉默后，她请求说。从她身上散发出娇弱的温暖气息，一条细细的小金链缠绕在她那迷人的脖颈上。她深吸一口烟，眯起眼，然后把烟卷递给了马丁。“味道太重了。”她忧郁地说。“这个夏天你做了什么？”马丁问，一边竭力克制着某种疯狂而难以想象的阴暗念头，这念头甚至让他感到了一种如发烧般狂热的冰冷寒意。“没什么特别的。我们去了布莱顿[①]。”她叹了口气，又补充说，“我还坐

① Brighton，英格兰南部海滨城市，以其密布鹅卵石的海滩而著称。

过水上飞机。”“而我差点死掉。”马丁说，“对，对，就差一点。我在高山上攀岩，失手掉了下来，多亏奇迹出现才得救。”索尼娅隐隐一笑，开口说：“要知道，马丁，她总是说，生命中最重要的事就是履行自己的职责，别的什么都不想。这思想非常深刻，对吗？”“嗯，大概是。”马丁回答，一边犹豫着把没有吸完的烟按进烟灰缸，“大概是吧。不过有时候这可有点无聊啊。”“哦，不，根本不是。您不明白，她的意思不是指事业或工作，而是一种——嗯，那种本身就很重要的东西。”她停顿了一下，马丁发现，她在那身轻薄的小睡衣下直打哆嗦。“你很冷吧。”他说。“是的，我好像觉得冷。那就是要承担的责任，可有些人——比方说，我——这种东西在我心里一点也没有。”“索尼娅，”马丁说，“也许你想要？……”他稍稍掀开被子的一角，她从跪姿中坐起来，慢慢移近他。“我觉得，”她一边爬进被窝，一边继续说，而马丁对她说的话什么也没听进去，只是笨拙地把被子拉到她和自己身上，“我觉得，许多人都不知道这一点，因为他们不……”马丁深深地吸了口气，拥抱住她，把嘴唇贴到她的脸上。索尼娅一把抓住他的手腕，抬起身子，一瞬间就钻出了被窝。“我的天哪！”她说，“我的天哪！”她那双黑眼睛里闪着泪花，整张脸在刹那间就糊满了泪水，几道亮晶晶的泪痕滑过她的面颊。“哦求你了，求你不要——我只是——唉，我不知道，哦，索尼娅！”马丁喃喃着，不敢去碰她，想到她可能会突然叫嚷把全家人都惊动，马丁茫然失措。“您怎么不明白！”她哀伤地说，“您怎么不明白！我以前就是这样到内莉这里来的，我们说啊说啊，直到天亮。”她转过身，哭着走出了房间。马丁坐在弄乱了的被窝里，无助地苦笑着。她在身后掩上门，但重又打开它，伸进头来。“傻瓜！”她异常平静地说，一副公事公办的口气，接着就在走廊里迈着碎步离去了。

马丁对着白色的房门看了好久，然后熄了灯试图睡觉。看样子没有希望了。他开始考虑，等晨曦初露，他就穿上衣服，收拾好东西，悄悄离开这屋子，直接去车站。遗憾的是，就在想这些的时候，他睡着了，醒来时已经是九点一刻。“也许这一切都只是梦？”他怀着一丝希望暗自说，但马上又摇了摇头，一股令人痛苦的羞愧涌上心头。他想，现在他该怎么面对索尼娅呢？一大清早他就过得很不顺利：冲进卫生间洗澡时，他不巧又撞见了济拉诺夫，后者穿着黑裤子，叉开着短短的双腿，穿着厚实的法兰绒背心，俯身在盥洗池上擦洗脸颊和前额，擦得皮肤吱吱作响，还在水流下哼着鼻子，用手指头一会儿挤压一个鼻孔，一会儿挤压另一个，用劲擤鼻涕和吐痰。“进来，进来，我已经好了。”他大声说。他的脸上滴着水滴，由于视线被水糊住，他伸出双臂，像展开一对短短的翅膀似的，快步向自己房间走去，那里有他平时放着的毛巾。

不久后，马丁下楼前往就餐室，准备饮下等待自己的那杯毒芹汁，路上他遇见了济拉诺夫夫人。她脸色发青，面部浮肿，显得十分可怕，而他则感到异常困窘，不敢对她说准备好的同情话，却又不知道除此之外能说些什么。面对他的沉默，她拥抱了他，吻了吻他的前额表示谢意，然后便绝望地挥了一下手，走开了。在走廊深处，她丈夫对她提起了关于一份护照的事情，在他那发颤的声音中含着一种完全出人意料的温柔，从他之前的表现来看似乎根本不可能做到。马丁在就餐室里遇见了索尼娅，她对他说的第一句话是：“我原谅您，因为您是个瑞士人，而‘呆小病白痴’[1]就是一句瑞士话，把它记下来。”马丁本打算

① cretin，又译克汀病，是一种见于婴幼儿的内分泌疾病，由于胎儿时期或新生儿期甲状腺激素缺乏（甲状腺功能低下）而引起，欧洲南部环阿尔卑斯山地区尤为普遍，如在瑞士，因土壤中普遍缺少碘元素，曾产生过大量的地方性呆小病白痴患者。

对她解释自己不想做任何坏事——总的来说这也是实话——他只想躺在她身边，亲吻她的脸，但是穿着黑裙的索尼娅看起来非常生气和闷闷不乐，所以他觉得最好还是保持沉默。“爸爸今天要去布林迪西，”她说，“上帝保佑，他们终于给他发签证了。”她不以为然地望着马丁未能好好克制的贪婪吃相——每天早晨他总是像头饿狼似的贪婪吞吃着荷包蛋。马丁心想，自己用不着在这里逗留了，这一天肯定又是乱七八糟，无非是些送行之类的琐事。“达尔文来过电话。”索尼娅补充道。

二十三

就在索尼娅说了这些话以后，达尔文喜剧般地准时出现了，仿佛在幕后等着似的。海滨的日光给他脸上增添了一种烤牛肉似的深褐色，他穿着一身非常漂亮的浅灰色套装。索尼娅向达尔文问了好，马丁惊讶地觉察到，她的口气显得有点无精打采，而达尔文则紧紧地抓住马丁，在他的肩膀和肋部重重地捶了几下，还好几次问他为什么不打电话。确实，一向慵懒的达尔文今天却表现出了从未曾有过的精力。在利物浦大街站，他从搬运工手里拿过一只别人的箱子扛在肩上。在伦敦和剑桥之间的半路上，在普尔曼式豪华车厢里，他看了一下表，叫来列车员，给了一张纸币，然后便庄重地拉下了紧急刹车索[①]。火车发出疼痛的呻吟后停住了，而达尔文满意地微笑着，向大家解释，整整二十四年前的这一时刻，他来到了这个人世。过了一天，在一家报纸上很快登出了关于此事的短篇报道，标题还用了粗体字：《青年作家叫停火车庆祝生日》。与此同时，被导师召唤的达尔文拿出一份关于水蛭养殖生意的翔实报告，介绍如何养殖它们，什么品种更好，试图以此让导师入迷。

卧室里还是那样潮湿，钟楼上传来的钟声还是那样此起彼伏，闯进来的还是那个瓦季姆，他口中念出来的还是那种带有对偶句的俄文押韵诗，第一节里包含着说教式的常识（“亚美尼亚人喜欢钓鱼打猎”或者“气球永远不可能用砖头做成”），而第二节则以同一个字母起首，虽然同样不无说教，却和第一行诗句毫无联系，内容也下流得多。

而阿奇博尔德·穆恩，虽然在某种意义上还是老样子，却似乎又是另一个人：马丁怎么也无法恢复过去对他的迷恋。在见面时穆恩说，一个夏天他新写出了十六页的《俄国史》，整整十六页，之所以写了这么多，是因为他将整个漫长的夏日都投入了工作——说这话时，他用手指做出动作，表示他想出的每个句子都内容丰富、表达生动，可马丁却觉得这种动作里有某种极为腐化的东西，而听着穆恩滔滔不绝的话，犹如咀嚼撒着糖粉、又厚又韧的土耳其软糖。穆恩对待俄罗斯就如同对待一件无生命的奢华物品，这使马丁头一次感觉自己受到了侮辱。当马丁对达尔文吐露这一想法时，达尔文笑着点了点头，还说穆恩之所以如此，是因为他痴迷于同性恋。这就让马丁更加留起神来。有一天，穆恩无缘无故用战栗的双手抚摸马丁的头发，此后他就不再去拜访穆恩，每当房门上响起热切孤寂的敲门声，他就悄悄地爬出窗外，顺着排水管下到胡同里。不管怎样，他还是继续去上穆恩的课，但在学习俄罗斯文学的过程中，他开始竭力排除穆恩的声调——它始终萦绕着他，尤其是在诗歌节奏方面影响着他。他最后转向了另一位资深年长的斯蒂芬斯教授——这位老师对普希金和托尔斯泰的讲解虽然冗长沉闷，却真诚可靠，而他说起俄语来声音尖细，气喘吁吁，常常插进塞尔维亚语和波兰语。马丁还是花了很长时间才彻底摆脱阿奇

① emergency cord，西方旧时的客运列车上专门设有紧急刹车索，供车上乘客在车内发生意外情况时紧急停车，现已不用。

博尔德·穆恩。有时他会不由自主地欣赏穆恩讲课的技巧，但他马上就意识到，穆恩是在把装着俄罗斯木乃伊的石棺运到自己房里，这个意象在他脑海里栩栩如生。最后，马丁终于完全摆脱了穆恩，他吸取了各种元素，将它们化为己有，最终响起的已经是完全纯粹的俄罗斯缪斯的声音。偶尔会有人在街上见到穆恩，陪伴他的是一个漂亮丰满的青年，这个年轻人留着一头金色长发，还在大学演出莎士比亚戏剧时反串剧中的女性角色，而穆恩则情绪温和地瘫坐在乐队席上看戏，还和其他外行一起试图让达尔文噤声——达尔文窝在扶手椅里，佯装很兴奋，在不该鼓掌的地方都会猛烈地奉上一阵滑稽的掌声。

但是马丁跟达尔文有自己的一笔账。达尔文有时候一个人去伦敦，而马丁在星期六夜里坐在壁炉旁，直至天光破晓，煤炭在壁炉里燃尽。炉中吹出犹如从坟墓中来的阴冷寒风。就像害牙疼时摁着病牙一般，马丁固执而狂野地想象着索尼娅和达尔文在黑暗的小汽车里。有一天，他克制不住，去伦敦参加了一个未受到邀请的舞会。他在大厅里走动，心里以为自己看起来会十分苍白严肃，随后却突然从镜子里看到自己那张红润的圆脸，额头上还有个肿块——这是他昨天俯身从飞奔的脚下拼抢足球时留下的。不久后，他们到了：索尼娅打扮得像个吉卜赛姑娘，似乎忘了姐姐过世才不过四个月；达尔文则是一副欧洲小说中英国人的打扮——大格子花纹的套装，热带头盔，后脑勺围着一条免受庞贝烈日酷晒的印花头巾，腋下是导游手册，脸上留着红褐色的连鬓胡子。音乐，彩色纸带卷，暴风雨般落下的五彩纸屑——在令人陶醉的一瞬间，马丁觉得自己仿佛在参加一出精致的假面舞剧。音乐停止了。尽管达尔文明显希望与索尼娅单独待在一起，马丁还是未加理会，和他们钻进了同一辆出租车。在被一束灯光偶然划破的黑暗中，他觉得自己发现达尔文和索尼娅正牵着手，然后又痛苦地要自己相信，这只是光和影玩弄的一个把戏。当索尼娅到剑桥来时，情况更加令人郁闷：马丁总感到自己是个多余的人，他们一直想甩开他。后来，在瑞士的第二个夏天，他击败了瑞士最优秀的网球手之一——但是索尼娅对他在拳击、网球或足球上取得的成绩又有什么兴趣呢？有时候，马丁在白日梦中生动地想象着自己在克里米亚战斗后回到索尼娅身边的情景，"骑兵"这个字眼伴着隆隆巨响从眼前冲过，腥风猎猎，团团黑土扑面飞来——进攻！进攻！——哒哒的马蹄声，如抑抑扬格般的疾驰声。但现在已经太晚了，克里米亚的战斗早就结束了，在很久以前的那一天，内莉的丈夫全速冲向敌人的机枪，越来越近，突然无意中越过了那条无形的界线，跃进了一个还回荡着尘世生命余响的地方，只不过，那里既没有机枪，也没有骑兵的冲锋。"总是粗心大意，总是粗心大意。"马丁阴郁地抱怨着自己，他敏锐地意识到自己已经永远错过了什么，便一而再再而三地想象着圣乔治绶带、左肩上的轻伤（一定要是左肩）和在维多利亚车站接他的索尼娅。母亲温情的微笑和她脱口而出的话语让他恼火："现在你明白了吧，这一切全是枉然，你本来也会枉然死去。内莉的丈夫是另一回事，他是个真正的职业军人，这种人没有战争就没法生活，他也像他希望的那样死去了。可是倒下的所有那几千名年轻人呢……"不过，在外人面前——特别是现在，一切战事都已停止，已经没有什么可以吸引她的儿子了——她会热烈地谈论延长军事战斗的必要性。在后来的年月里，当埃德尔韦斯夫人回忆起自己的这份轻松与平静时，她会大声呻吟起来——哦对啊，她本来可以保护好他，如果不是她轻易放弃了自己的不祥预感，如果她可以更加留心地观察，时刻小心防范——谁知道呢？也许他真的参加了白卫军反而更好，假如他受了伤，害了伤寒，在付出这份代价后，他就会一劳永逸地摆脱那孩子气的危险渴望。但她为什么要有这些念头，为什么要陷于沮丧呢？应该多一些勇气，多一些信念。许多人杳无音讯，最终还是回来了。比如传闻说，边境上抓到了某人，被当作间谍枪毙了，可是忽然间，这个人又出现了，还活着，带着他那熟悉的笑声和低沉的嗓音，就站在那儿，在那进门的大厅里。而如果亨利又……

二十四

第二个暑假，不光是母亲这种转瞬即逝的满意微笑引起马丁烦恼，还有别的事情更让他不悦。他觉得木屋里的生活出现了奇怪的变化，仿佛周围的一切都屏声静息，行动时都踮起脚尖。亨利叔叔现在叫埃德尔韦斯夫人“chère amie”[①]，而不是像过去那样叫她“索菲”，而她有时候也叫对方“亲爱的”，这让马丁感到奇怪。他身上出现了一种新的柔情，人变得越发多愁善感，声音变得更加低沉，动作更为轻缓，一句对热汤或肉排的赞美就足以使他热泪盈眶。对马丁父亲的回忆蒙上了一层难以容忍的神秘色彩。与以往任何时候相比，埃德尔韦斯夫人都更深刻地感到了自己对已故丈夫犯下的罪过，而亨利叔叔仿佛为她拟定了一条困难但正确的赎罪道路。他说，谢尔盖的灵魂看到她在堂弟家中会感到非常幸福；有一天他甚至掏出修指甲的小锉，带着一丝可爱的忧愁开始用它来锉指甲，但这时埃德尔韦斯夫人忍不住了，她干笑了一声，然后干笑出乎意料地变成了一阵歇斯底里的发作，而马丁因为急着帮忙，在仓促中把厨房里水龙头开得太大，溅湿了自己的白色法兰绒裤子。

有不少次他看见，母亲疲倦地靠在亨利的肩上在花园里散步，或者，在睡觉前给亨利送去一杯芳香的菩提清茶——这一切使他觉得很不痛快，很尴尬，怪怪的。在他临去剑桥前，索菲娅明显想告诉他什么事，但是她像他一样感到尴尬，只是支支吾吾地说，她也许很快会写信告诉他一件重要的事。真的，马丁在冬天收到了信，但不是她写的，而是叔叔写的，写了六页，笔迹流畅，措辞感伤而华丽。他告诉马丁，他将与索菲娅结婚，在乡村教堂里举行一场很朴素的婚礼。马丁一直看到附言才明白过来：婚礼已经举行过了。他在心里感谢母亲把这场令人难堪的婚礼安排在他不在的时候进行。同时他不住地问自己，从今以后又该如何面对她，他们该说些什么，他能否原谅她的背叛，因为，不论怎样去接受它，对父亲而言，这无疑是背叛。还有一个念头压抑着他：继父不是别人，正是他那有着浓密小胡子、头脑一般般的亨利叔叔。待马丁回来过圣诞节，母亲一个劲地拥抱他，泪如雨下，她似乎忘了，按照亨利的要求，她通常应该保持克制。还有，他简直无处可以躲避继父那庄重的轻轻咳嗽声和温柔亲切的目光。

总之，在大学的最后一年里，马丁时常感到某种邪恶力量的作用，这种力量顽固地试图说服他，让他相信生活根本不像他以为的那样轻松幸福。索尼娅的存在，她在他的灵魂深处无缘无故时常激起的澎湃春潮，她那只会令他痛苦的来访，他们之间由打趣产生的挖苦嘲讽的腔调——所有这一切都令人精疲力竭。然而，这份单相思并没有妨碍他去追逐任何一个漂亮姑娘，他为自己得到的极乐幸福而兴奋激动（例如，罗丝，茶室里的女神，同意与他坐小汽车旅行）。在那家学生经常光顾的店铺里，可以买到各种颜色的点心：有鲜红色的，上面点缀

① 法语，亲爱的朋友。

着星星点点的白色奶油，看起来就像一种能致人死命的毒蘑菇；有蓝紫色的，仿佛是散发出紫罗兰清香的肥皂；还有外表油黑发亮、里面是白色馅料的点心，如同拥有黑色皮肤和白色灵魂的尼格罗人。由于总是希望能吃到一种真正美味的点心，大家一块又一块贪婪地吃个不停，直到五脏六腑都粘在一起了。罗丝的面颊光滑柔软，皮肤黑里透红，一双眼睛水灵灵的。她穿着黑裙子，系着喜剧中女仆穿的小围裙，飞快地在厅堂里走来走去，同时灵敏地避让着另一个同样步履如飞的女招待，以免两人撞到一起。马丁立即注意到：她双手通红，手指粗壮，廉价戒指上的小星星丝毫也没有使这手变漂亮。于是马丁明智地决定再也不看她的手，而专注于她那长长的睫毛，在她开账单时，那对垂下的睫毛非常好看。有一次，他喝着浓稠的甜巧克力，交给她一张便条，当天晚上便与她一起在雨中散步。到了星期六，他租下平时那辆破旧的轿车，在离剑桥约五十公里的一家古老的小旅馆与她共度良宵。她说，这是她的第一次。听到这话，马丁虽然感到高兴，但同时也有些震惊。她暴风骤雨般激烈地与他做爱，动作笨拙而粗鄙，马丁以前把她想象成是个轻浮而有经验的诱人女子，现在他感到非常困惑不安，便去找达尔文，想听听他的意见。“你会被赶出学校的。”达尔文平静地说。“别胡说。”马丁皱眉反驳道。然而，三个星期后，罗丝把一杯巧克力放到他面前，对他快速地低语说，她怀孕了。马丁顿时感到，仿佛是通常掉落在戈壁沙漠里的陨石径直击中了他。

“祝贺你。”达尔文说，然后开始非常生动地向他描绘起大肚子女罪人的命运。“而你也会被开除。这是事实。”“谁都不会知道，我会把一切都解决好。”马丁不知所措地说。“没指望的。”达尔文回答说。

马丁突然非常生气，便砰地关上门走了出来。他跑到胡同里，差点没栽倒，因为达尔文把一只大枕头从二楼窗户里很准地扔到了他头上。走到胡同拐角处时，他扭头朝后一瞥，看见达尔文走出来，拾起枕头抖了抖，回到了屋子里。“冷酷的畜生。”马丁喃喃说，然后直接朝茶室走去。那里已经客满了。脸色黑里透红的罗丝眼睛炯炯有神，在桌子间闪来闪去，端着托盘碎步走着，或者娇媚地舔一下铅笔，开账单。他也在活页本纸上写了什么，那就是：“请您嫁给我——马丁·埃德尔韦斯”。他把纸条猛地塞进她那可怕的手中，然后就走了出来，在城里逛了两个小时，回家，躺到沙发上，就这样一直躺到傍晚。

二十五

晚上达尔文到他这儿来，很潇洒地脱下披风，坐近壁炉，马上开始用火钩拨旺炭火。马丁躺着，没有作声，他满怀着对自己的怜悯，一再地想象着他与罗丝从教堂出来的情景，她戴着好不容易才伸进去手的白色羔皮手套。“索尼娅明天一个人来。”达尔文漫不经心地说，“她母亲得了流感，很厉害的流感。”马丁一言未发，但明天的足球比赛突然从他脑海中浮现，他的心里一阵兴奋。“但是你怎么去比赛呢？”达尔文说，“当然，问题就在这里。”马丁继续保持沉默。“八成会很糟糕。”达尔文又说，“看守球门需要全神贯注，而你现在的状态简直糟透了。知道吗，我刚和那个女人谈过话。”

一片寂静。城市上空响起了钟楼的钟声。

“天性富有诗意，喜爱幻想。”过了一会儿达尔文继续说，“她根本没有怀孕，就像我没怀孕一样，比方说。你愿意跟我赌五英镑吗，我能把火钩拧成麻花？”马丁像死人一样躺着。“你的沉默，”达尔文说，“我就看成是同意。瞧着吧。”

他呼哧呼哧地忙了一阵。“不行，今天我不行。钱归你了。为你那张愚蠢的字条我正好付过五英镑。我们两清了，一切都办妥了。”

马丁没有吭声，只是心猛烈地跳动起来。

“但是，”达尔文说，“你要记住，如果你什么时候再去那家又贵又可恶的点心店，你就会被大学开除。哪怕只是和她握握手，那个小丫头也能怀上孕的——别忘了这句话。”

达尔文站起身，伸了个懒腰。“你不太想说话，我的朋友。我承认，你和你的交际花有点破坏了我明天的好心情——我是指脑子里对明天的预期。”

他走了出去，轻轻关上了身后的门。马丁一下子想到三件事：一、他非常饿；二、找不到第二个这样的朋友；三、这个朋友明天将求婚。此刻他嫉妒而热切地希望索尼娅会同意求婚，但是这一刻过去了，第二天上午，在车站上见到索尼娅时，他感到有种熟悉的令人沮丧的嫉妒（和达尔文相比，他唯一拥有的可怜优势就是，不久前在一次祝酒中，索尼娅对他改用亲切的单数第二人称：称呼他为“你”。在英国，第二人称已经与弓箭手一起消亡了。尽管如此，达尔文还是和她把肘臂环绕在一起喝了交谊酒[①]，而且整个晚上都用古语“汝”来称呼她）。

“你好，花儿。”她随意地对马丁说，暗示着他那植物名的姓氏，然后立即转过身，对达尔文讲起马丁可能同样感兴趣的事来。

“她身上到底有什么东西这么吸引人呢？”他心想，这个问题他已经想过上千遍了，“好吧，她的酒窝很可爱，肤色也很白——但这还不够。她的眼睛不怎么好看，像个吉卜赛人，她的牙齿也不整齐。还有她的嘴唇这么厚，色泽这么光鲜——最好现在就堵住它们，用一个

① 原文为德语auf Bründerschaft，指喝（一口）酒确认与某人的亲密友谊（从称“您”改称“你”）。

吻来封住它们。她自以为穿上这身蓝套装和低跟皮鞋就像个英国女人了。可是，先生们，难道你们看不出她完全是小矮个子吗？”这“先生们”是谁，马丁不知道；不如让他们自己去艰难地作出判断吧，因为马丁刚使自己对索尼娅冷淡下来，却突然发现，她的背多么优美，她歪着脑袋的姿势多么可爱——那对斜睨的眼睛带着一道迅捷的寒光扫过他身上，在她急促的谈话声中，欢乐如一条奔腾的暗流，从下面浸润着每句话，在她的大笑声中突然喷涌而出；当着重强调一句话时，她会抖动着收紧的绸质雨伞，手不是拿着伞柄，而是抓住伞身。在鹅卵石铺就的人行道上，马丁无精打采地慢慢溜达，一会儿跟在他们后面，一会儿走在他们旁边（因为在身材高大的达尔文周围笼罩着一道迫人的气场，也因为索尼娅一直迈着小碎步，所以他们三个在人行道上没法一直并排走），心里细细想着，如果把他与她在这里和在伦敦度过的所有零碎时间加起来，他们的稳定交往不会超过一个半月——再想想，从他与她初次见面，距今已经两年多了，现在已是第三年，也是最后一年，剑桥的冬天也已快过去，而他还真的说不准她是个什么样的人，她是否爱上了达尔文，要是达尔文对她说起昨天的经历，她会如何反应，还有，她是否对谁说过那天晚上发生的事情——在那个悲惨的夜晚（尽管现在回想起来，那段奇妙的时光令人销魂，而且丝毫未让他产生羞愧之心），她穿着瘦小的黄色睡衣，光着脚，浑身颤抖，被一波寂静的海浪冲到岸上，轻柔地放在他的被单旁。

他们到达了目的地。索尼娅在达尔文的卧室里洗好手，掏出粉扑吹了一下，往脸上擦了粉。桌上已经备好了五份午餐。瓦季姆自然受到了邀请，而阿奇博尔德·穆恩早已从他们的朋友圈里消失了，想到他曾经被看作是大家期待的客人，就会让人感觉有点奇怪。第五个人是个身体瘦长、鼻子微翘的金发青年，长得不算英俊，但体型匀称，穿着打扮有点古怪。他有一双精致修长的手，在流行小说家笔下，这双手通常会属于艺术家。不过他既不是诗人，也不是画家，而他身上那种优雅、精致、飘逸的东西，他那一口流利的法语和意大利语，以及他那与英式派头略有区别，却又非常文质彬彬的优雅风度，在剑桥被人归因于他父亲的佛罗伦萨血统。这位心地善良、超凡脱俗的特迪皈依于罗马天主教会，喜欢在阿尔卑斯山区登山滑雪，船划得很好，会玩室内网球这种古老的王室游戏。另外，虽然他会很温柔地对待女士，但却洁身自好到了可笑的地步（然而，一年后，他在从巴黎寄给马丁的一封信里流露出某种变化。“昨天，”他写道，“我给自己搞了个姑娘，蛮干净的，诸如此类。”这段故意写下的粗鄙文字，从字里行间透出某种悲伤和不安。马丁回想起，特迪曾多次突发抑郁，自我责罚，他热爱莱奥帕尔迪[①]和白雪，曾由于一场考试成绩不够理想，在盛怒下砸碎了一只完全无辜的埃特鲁斯坎[②]花瓶）。

“大公熊往家走，小母熊在身后……”索尼娅学着瓦季姆的俄语俏皮话，瓦季姆早就和她很亲密了（不过出于谨慎起见，他还是省略了“两只熊儿手牵手”后面的高潮部分），而不懂俄语的特迪歪起脑袋问：“‘马埃卡休奇库’[③]是什么意思？”

---

① Leopardi（1798—1837），意大利浪漫主义诗人。他的诗语言洗练朴素，格律自由多变，开意大利现代自由体抒情诗的先河。代表作品有诗歌《暴风雨后的宁静》《致月亮》《无限》等。

② Etruscan，埃特鲁斯坎人是意大利半岛居民之一，早在罗马文明诞生前便创造了发达的古老文明。

③ 这是特迪不正确的俄语词组“小母狗”（音译是“马连卡亚苏奇卡”）的发音。与俄文版本不同，纳博科夫与其子德米特里·纳博科夫所译英文版本中此处对应的英文原词是“bitch”，既可指“母狗”也可指“雌性的动物”，故在前文的俏皮话中选取“小母熊”意译。

于是所有人都笑了，但谁也不想解释，结果他又转向索尼娅说：“再来点豌豆吧，马埃卡休奇库。”

“紧张吗？紧张吗？”瓦季姆问马丁。

“别犯傻了。”马丁回答说，“我昨晚没睡好，这意味着今天会丢球。他们有三个世界级的球员，而我们只有两个。”

“真受不了足球。”特迪告诉大家。达尔文支持他。他俩是伊顿人，而在伊顿有一种特别的球类运动取代了足球。[①]

① 此处是指伊顿公学内历代相传的球类运动“伊顿墙球”，它结合了足球和橄榄球的特征。

二十六

实际上，马丁确实紧张，而且是相当紧张。他在三一学院队当守门员，经过一场激烈的比赛后，他的球队杀进了决赛，今天就要与圣约翰学院队争夺剑桥大学冠军。令马丁感到自豪的是，他，一个外国人，能够进入这样一流的球队，并因为自己出色的表现而荣获了学院“蓝衣人”的称号，从此可以穿上一件非常漂亮的淡蓝色运动上衣。现在，他愉快而又惊奇地回忆起，在俄罗斯，晚上他睡在儿童房的床上，在柔软的被窝里蜷成一团，在幻想中不知不觉地睡去，那时他就梦见自己是个令人惊叹的足球运动员。只要闭目想象一下足球场，或者，比方说，他自己驾驶的特快列车那用折篷连接起来的棕色细长车厢，他的心灵就渐渐地感觉到它的节奏，就会怡然安宁，仿佛被净化了一般，像上了油似的平滑顺溜，滑进了沉思冥想之中。火车奔驰在鲜黄色的白桦林中，经过外国的城市和街道上方的桥梁，然后继续向南行驶，穿过突然照亮的隧道，沿着光耀夺目的大海的海岸飞驰。有时候，他想象的不是全速奔驰的火车，而是飞机，赛车，在急转弯中卷起飞扬雪花的有舵雪橇，抑或只是一条森林中的小径，而他在上面不停地奔跑。在回忆中马丁发现，自己的生活具有某种奇怪的特点：他会在不知不觉中将幻想转变为现实，就像自己过去曾把它们化入梦中一样。这种特点仿佛为自己新近生发出的一系列幻想—— 一次秘密的非法探险——提供了保证，使得它们也会坚实起来，在自己的生活中得到实现，就像他过去对足球比赛的梦想如今已然成为现实。当年他在那些梦中欢乐良久，由于害怕太快就达到甜蜜的高潮，他的幻想会驻留在赛前准备的细节上——拉上有彩色翻口的长袜，穿上黑色的内裤，系上结实的足球鞋的鞋带。

他哼了一声，伸直身子。在壁炉前换衣服很暖和，这在某种程度上缓解了他因激动兴奋而引起的战栗。浅蓝色的运动上衣紧紧套在V字领白毛衣上。他的守门员手套已经破成这样！这下，他可准备好了。周围横七竖八全是他的衣服，他把所有东西收拾好，拿到卧室去。与毛衣的暖和相比，他的短裤宽大轻薄，让膝盖裸露的双腿感到异常凉爽。"哎！"走进达尔文房间时，他说，"怎么样，我换得还是蛮快的吧。"

"我们走。"索尼娅说着，从沙发上站起身。

特迪带着哀求的目光看了她一眼。"我千万请求您原谅，"他恳求着，"请相信我，我不能陪您去了，有人在等我。"

他走了。瓦季姆也走了，走前答应晚些时候再骑车到足球场来。

"也许这并不是那么有意思。"索尼娅转身对达尔文说，"要不我们还是别去了吧？"

"不，不行，我们一定要去。"达尔文用手捏了捏马丁的肩膀，微笑着回答说。他们三人在街上走着，马丁注意到，索尼娅完全不看他，而他这是第一次穿着足球服出现在她面前。

"我们走快些吧，"他说，"不然我们可能会迟到。"

“那有什么大不了的。”索尼娅说罢，在一扇橱窗前停住了脚步。

“好吧，那我就先走一步了。”说完马丁就坚定地迈开步子，足球鞋上的橡皮防滑刺钉牢牢踏在地面上，发出沉重的声响。他抄近路穿进一条小巷，朝足球场大步走去。

球场看台上已经人山人海，天气也非常好，冬日的天空呈淡蓝色，空气令人神清气爽。马丁走进体育馆内，其他队员已经集合好了。队长阿姆斯特朗是个又高又瘦的人，留着修剪好的小胡子，他腼腆地笑了一下，第无数次地告诉马丁应该戴好护膝。过了一会儿，所有十一名球员排成一列纵队，从体育馆内鱼贯跑上球场，这时，马丁感觉自己钟爱的各种印象混在了一起：潮湿而富有弹性的草皮，从草皮上散发出的浓烈气息，看台条椅上成百上千的观众，球门前那块光秃的黑色地面，还有对方球队练习传球产生的沉闷声响。裁判拿出一只崭新的浅黄色足球，并将它放到球场中心用白线画出的圆圈里。球员们各就各位，哨声响了。突然，马丁的不安完全消失了，他平静地靠在自己球门的左侧门杠上，左顾右盼，想要找到达尔文和索尼娅。球员们正在球场的另一端争抢，现在他可以尽情享受这清凉的空气，无光泽的绿色草皮，站在球网后面的人们的话语声，还有这份童年梦想化作现实的荣耀感。瞧那个满头红发的家伙，他是圣约翰学院队的队长，接球传球非常优雅精准，不久前还与苏格兰队较量过。还有，令马丁洋洋得意的是，在人群中有值得他为之奋力拼抢救球的人。童年时，在比赛开场的几分钟里总会有阵阵睡意袭来，因为马丁太专注于比赛前的细节，以致未能进入比赛的主体部分就睡着了。因此，现在他延长着享受的过程，把快速而精彩的踢球本身搁置一旁，沉浸于另一个不那么想睡的夜晚。听，跑步声接近了，他现在已经可以听到进攻球员的喘息声——瞧，那个红发小子突围出来，飞奔着，额前的头发颤动着，他那神话般的脚尖一踢，球带着呼啸声低低地直向球门一角飞去。守门员马丁立即纵身扑下去，及时截住了这闪电般的进攻。现在球已在他手上，他避开最近的对方球员，用足腿劲把球踢了出去。在看台上如雷鸣般的欢呼声中，球发出呼呼的响亮啸声，呈抛物线落到远处的球场上。

短暂的中场休息期间，球员们吸着柠檬汁，横七竖八地躺在草地上。接着双方交换球场，马丁从新的位置张望着，再次试图从人群中找到索尼娅和达尔文。不过，现在没有多少时间去四处张望了，比赛一下子激烈起来，他必须始终保持警惕，坚守着等待进攻。好几次，他奋力弯曲身子，抓住像炮弹一般射来的球；好几次，他飞身而起，用拳头将高吊球击开；直至比赛结束，他都未让对方破门得分。在终场哨声响起前的一秒钟，滑溜的球从对方守门员手上滑落，阿姆斯特朗立刻朝球门补上一脚。马丁幸福地笑了。

比赛全部结束了，观众拥进了球场，到处都是人，无论如何都无法找到索尼娅和达尔文。到了看台外面，马丁在离去的人群中看到了瓦季姆，他骑着自行车，嘴里嘟嘟地吹着口哨，小心翼翼、摇摇晃晃地行进着。“他们早就溜掉了，”他回答马丁的问话，“半场后立即就走了，还有，你知道……”接下来是关于达尔文的什么风凉话，不过马丁没有听到，因为队友菲尔波特骑着红色摩托车突突响地挤了过来，他提议带马丁一程。马丁坐到后面，菲尔波特踩下了油门。“我费了老大气力才把最后那个球拦出球门，真还不如不拦呢。”马丁迎风皱起眉头想。他感到难过和痛苦。在胡同的拐弯处，他跳下摩托车，向自己的住处走去，心里厌恶地回想起昨天的事和罗丝的狡猾，因而觉得更加难受。

“他们肯定正在什么地方喝茶。”他喃喃说，但为了以防万一，他还是朝达尔文房间里看了一眼。索尼娅斜倚在沙发上，在马丁走进来的那一瞬间，她飞快地伸出手，想抓住一只飞过的蛾子。

“达尔文呢？”马丁问。

“还活着。出门买点心去了。”她回答，一边用眼睛不怀好意地注视着那个未被捉到的浅色白点。

“你们不等比赛结束就走了，真遗憾。”马丁坐到椅面凹塌的扶手椅里说，“我们赢了。一比零。”

“你该好好洗洗。”她指出，“瞧瞧你的膝盖。脏死了！你留下了什么黑乎乎的东西。”

“好吧。先让我歇口气。”他深吸了几口气，然后疲惫地哼哼着站起身。

“等一下，”索尼娅说，“你应该听听这个，会笑死你的。他刚刚向我求婚了。当然，我知道这事会发生——瓜熟蒂落嘛。”她伸了个懒腰，阴郁地瞥了一眼马丁，他的眉毛扬了起来。“你长着一脸聪明相。”她转过视线，继续说，“我简直就是不明白他在指望些什么。人是蛮不错的，等等，等等——可他就是个蠢货，一个蠢得像块木头的英国佬。换了我，用不了一星期，准会苦闷死。瞧，它又在飞了，那只蛾子。”

马丁清了清喉咙，说：“我不相信你。我知道，你已经同意了。”

“你疯了！”索尼娅从沙发上跳起来，双手拍打着沙发，喊道，“你怎么能这样想？”

“达尔文聪慧精明，善解人意，他根本就不是蠢货。”马丁竭力辩说。

她又拍了一下沙发：“但也算不上是个真正的人——你怎么不明白呢，笨蛋？确实，这是有些侮辱人。他只不过是个假人模型，算不上是人。肚子里没有一点内涵，只有许多幽默。这在舞会上倒是大有好处，可是长期这样下去，这种幽默准会逼得人发疯。”

“他是作家，行家们都很佩服他。”马丁吃力地轻声说。他心想，现在自己已经尽到了义务，劝说她也劝够了，高尚也是有极限的。

“对，对，正是这样——仅仅对行家而言！很有魅力，文采也很好，但这一切都是表面肤浅、追求安逸的，所以——”

这时马丁觉得，他心里仿佛打开了一道闸门，闪闪发光的波浪奔涌而过。他想起了刚才精彩的比赛，想起罗丝的事全都安排妥了，晚上俱乐部要举行宴会，自己健康、强壮，想起在明天、后天还有以后许多许多日子里，生活将继续下去，充满了各种幸福——所有这一切一下子袭来，使他头晕目眩。他大笑着一把抱住索尼娅（连同她抓着的靠垫），开始亲吻她湿润的牙齿，她的眼睛，她那凉凉的鼻子，而她挣扎着，踢闹着，那头散发着紫罗兰香气的黑发不时滑进他的嘴里。最后，他大笑着把她放倒在沙发上。这时门开了，先出现了一只脚，然后手上捧满了美味点心的达尔文走了进来。他试图用脚关上门，却失手弄掉了一个大纸袋，蛋白小甜饼从里面滚落出来。

“马丁在扔靠垫。”索尼娅喘息着抱怨说，“你想想：一比零，值得疯成这个样子吗？”

二十七

第二天，马丁和达尔文的腋下体温都是三十八摄氏度，浑身酸痛，喉咙痛，耳鸣，所有的症状都显示出他们得了流感。一想到八成是索尼娅传染了他们，两人都觉得糟糕透顶，无论这想法本来有多愉快。达尔文坚决不想留在被窝里，他穿着花睡袍，看起来像个重量级拳击手，在长久的搏斗后脸色通红，头发蓬乱。英勇的瓦季姆蔑视传染，给他们送来了药，而马丁在被子上加盖了旅行毛毯和冬大衣，还是禁不住直打寒战。他躺在被窝里，面带怒容，从各种图案，从偶然看到的所有物品、斑点或阴影中都能看到人的脸部轮廓——长着大鼻子的罐子脸，波旁家族般的大鼻子，黑人般的厚嘴唇——不知为什么，发烧总是这么卖力地画这些相当平庸的漫画。他刚刚入睡，马上就梦见他与骷髅在跳狐步舞，而在跳舞时骷髅开始散架，骨头脱落，必须得抓住它们，制止住散架，哪怕坚持到跳完舞为止；不然就是他得参加一场不同寻常的考试，和几个月后马丁在五月份真的必须参加的那场考试大相径庭。在梦里，出的是有裹在棉花里的巨大铁质X的怪题；而在现实中，在充满尘埃、光线斜照的宽敞大厅里，语文学专业的学生必须在一小时内挥就三篇作文，马丁不时瞥一眼墙上的挂钟，用又大又圆的字体写下关于伊凡雷帝的羽翼、巴拉滕斯基①、彼得一世改革和洛里斯-梅利科夫②的作文。

他的剑桥生活已近尾声，带上了某种光辉灿烂的神圣色彩。在等待考试结果的最后一段日子里，他可以一下午自在地消磨时光，晒太阳，懒洋洋地躺在垫子上，在雄伟的红褐色栗树庇荫下，沿剑河向下漂游。那年春天，索尼娅一家迁到了柏林，济拉诺夫在那里办了一份俄语周报。现在，马丁仰卧在缓缓经过的树枝下，回忆着最近一次去伦敦的情景。达尔文不想去，懒懒地请他向索尼娅致意，凭空晃了晃手指，又埋头看书了。马丁到那里时，济拉诺夫家中乱糟糟的，一片狼藉，就连看家的老狗（比如，胖乎乎的达克斯犬）都会很厌恶。女仆和一个头发蓬乱、耳朵上夹着支卷烟的小伙子沿着楼梯往下搬箱子。泪痕满面的伊琳娜独自坐在客厅里，咬着指甲，不知道在想什么。一间卧室里有什么玻璃器皿打碎了，与之遥相呼应的是，书房里立即响起了电话铃声，但谁也不走过去接。在就餐室里，一只盘子静静地等候着，它被另一只盘子盖着，里面盛的是什么食物无从知晓。济拉诺夫不知从何处来，尽管天气暖和，他却穿着黑大衣，像没事似的坐在书房里写东西。众所周知，他是一个浪人，对于一小时后就要赶往车站，而角落里还放着一只装书的箱子没有捆紧，他显然毫不关心。他就这么坐在穿堂风里平静地写着，一些刨花碎屑和几页旧报纸被风轻轻吹动。索尼娅站在自己房间中央，手掌贴在太阳穴上，阴郁的目光在一个大包和一个已经完全塞满的箱子上来回游走。马丁坐在低矮的窗

① Baratynski（1800—1844），俄国诗人，与普希金过从甚密，早期诗作在欢快明朗之中含有悲观失望的情绪，后期诗作则脱离现实，有浓厚的悲观情绪。

② Loris-Melikov（1825—1888），俄国骑兵上将。1880年先后任俄国最高管理委员会长官、内务大臣和宪兵团名誉团长。

台上，抽着烟。有好几次，一会儿是济拉诺夫夫人，一会儿是她的妹妹，走进来找什么东西，没有找到就又出去了。“你高兴去柏林吗？”马丁沮丧地问。他望着烟卷，望着烟卷上生出的烟灰，它就像透出不祥暮色、挂着地衣的冷杉枝叶。

“无所谓。”索尼娅说，心里在估量箱子能否关得上。

“索尼娅……”过了一会，马丁说。

“啊？什么事？”她喃喃道，从恍惚中醒了过来，突然开始加快动作，打算出其不意地对箱子发起猛攻。

“索尼娅，”马丁说，“这是真的吗……”她的姨妈走了进来，朝角落里看了一眼，对走廊里的什么人做了个否定的回答，便匆匆离开了，没有关上门。

“这是真的吗？”马丁说，“我们真的再也见不到面了吗？”

“那得由上帝来决定。”索尼娅漫不经心地回答。

“索尼娅……”马丁又开始说。她做了个鬼脸（或者那是个微笑？），匆匆瞥了他一眼。

“知道吗，”她说，“他寄回了我所有写给他的信，所有的照片——所有的一切。真是个可笑的家伙。他完全可以留着那些信的。我费了半小时把它们撕光了，冲进了厕所，现在马桶都堵住了。”

“你以前对他很不好。”马丁阴郁地说，“你不能给了一个人希望，然后又拒绝他。”

“你给我滚出去！”索尼娅尖叫起来，“给什么希望了？你怎么敢跟我说希望？多么卑鄙！多么下流！还有，总之你别再纠缠我了行不行？试试坐到这只箱子上。”她用低一些的声调补充说。马丁坐在箱盖上，用足劲往下压。

“关不上。”他沙哑地说，“我不知道你为什么火气这么大。我不过想说……”

这时什么东西勉强地咔嚓一响，索尼娅没等箱子再弹起来，立刻就在锁眼里转了一下钥匙。“现在一切都搞定了。”她说，“到这儿来，马丁。我们推心置腹地谈谈。”

济拉诺夫朝房间里看了看。“你妈妈在哪儿？”他问，“我不是说过别动我的桌子吗？现在烟灰缸不见了，那里面还有两张邮票呢。”

他走了以后，马丁抓起索尼娅的一只手，将它握在自己的两只手掌中间，悲伤地重重叹了口气。

“不管怎样，你还真是个非常可爱的小男生。”索尼娅说。

“我们会通信保持联系，也许你什么时候会到柏林来，或者，也许哪天我们会在俄罗斯见面——你不觉得那会很有趣吗？”

马丁不停地摇着头，感到眼泪盈眶。索尼娅抽出手。“好吧，如果你想哭，”她不满地说，“那就请便吧，随你怎么哭都行。”

“唉，索尼娅。”他伤心地说。

“说实在的，你究竟想叫我怎么办？”她眯着眼问，“请告诉我，你究竟想叫我怎么办？”马丁扭开头，耸了耸肩。

“听着，”她说，“我现在要下楼，我该走了。你这样绷着脸生闷气，只会惹我恼火。难道就不能让一切都简单愉快些吗？”

“你在柏林会嫁人的。”马丁无望地低语道。这时女仆像演滑稽剧似的冲进来拿箱子。跟在她后面的是济拉诺夫夫人，她已戴好了帽子。

“该走了，该走了。”她说，“这里所有的东西你都收好了？没落下什么吧？真是糟糕。”她对马丁说，“我们本来打算明天安安稳稳走的。”

她消失了，但是有一段时间，还可以听到她在走廊里对谁解释，说着她丈夫那刻不容缓的事情。这一切混乱无序的场面使马丁感到揪心的难受和无法形容的忧愁，使他想尽快打发走索尼娅，尽快摆脱掉她，然后回剑桥去，享受那使人懒洋洋的阳光。

索尼娅莞尔一笑，搂住他的肩膀，在他的鼻梁上留下轻轻一吻。"我不知道，也许会吧。"她低语说，同时很快地从马丁热情的拥抱中挣脱出来，竖起一根手指以示警告。"乖乖别动，小狗狗。"她说。接着她睁圆了眼睛，因为楼下突然传来一阵响彻全屋、令人难以置信的可怕号啕声。"走吧，走吧。"索尼娅催促起来，"我不明白，那个可怜的孩子为什么这么不想离开这里。别这样，见鬼——放开我！"

在楼梯底部，伊琳娜抓住扶手栏杆哆嗦着，放声大哭。她的母亲轻声哄着她："伊拉，伊萝奇卡。"济拉诺夫则使出不止一次试验过的手段，掏出手帕，很快打出一个带两只耳朵的大结，把它套到手上，表演一个穿着睡衣、戴着尖顶睡帽、舒适地安顿好就寝的小人儿。

在车站她又哭了起来，只是声音轻了一些，显得更加绝望。马丁塞给她一盒糖果，这是本打算送给索尼娅的。济拉诺夫刚坐下就打开了报纸。济拉诺夫夫人和巴甫洛夫夫人用目光清点着箱子。车厢门轰隆一声关上了，火车开动了。索尼娅用胳膊肘撑着窗框，将脑袋探出窗外。有那么一会儿，马丁与车厢并排走着，后来他落后了，已经大大变小的索尼娅向他抛来一个飞吻。马丁撞到了月台上的一只箱子。

"好了，他们走了。"他叹着气说，感到轻松起来。他换到对面的车站，买了新一期的幽默杂志，封面上是一个大鼻子宽下巴的驼背木偶。看完杂志上最后一条笑话后，他出神地看着从旁掠过的青嫩草地。"我的爱人，我的爱人。"他透过盈眶的热泪望着绿茵，说了好几次，同时想象着，在经过许多遭遇后，他来到柏林，出现在索尼娅面前，像奥赛罗一样说起自己虎口脱险、千钧一发的故事。“不行，不能再这样继续下去了。”他说，用一根手指擦了下眼睑，绷紧上唇，“不，不行。要少空谈多行动。”他闭上眼，舒服地移向角落，开始在脑中研究一份想象的地图，为一次危险的远行做准备。谁也不知道他打算做什么，也许应该和达尔文说一声——别了，祝一帆风顺，火车向北方驶去——在这些准备中他睡着了，就像过去一样，他在想象中穿着足球服，酣然入眠。抵达剑桥时天已经黑了。马丁走进屋时，达尔文仍然在读那本书，并像狮子一样张大嘴打了个哈欠。这时，马丁按捺不住诱惑，开了个小玩笑——后来他为此付出了代价——他假装微笑着，故作沉思状地盯着空无一物的地方，而达尔文则不急不忙地打完哈欠，好奇地看了他一眼。

“我是世上最幸福的人！”马丁满腔热情地低声说，“啊，要是我可以把一切都告诉你就好了。”

在某种意义上，他没有撒谎：在车厢里沉睡时，他做了一个梦，那是由索尼娅的两三句话衍生出来的。在梦里，她把他的脑袋按在自己光滑的肩上，低下头，用嘴唇吻他，充满温馨和柔情地压低声音说着什么。现在他很难把梦境与现实分开了。

“好啊，我很为你高兴。”达尔文说。马丁突然感到很尴尬，他吹着口哨去睡觉了。过了一星期，他收到一张带有勃兰登堡门景致的明信片，用了很长时间辨认索尼娅那像蜘蛛爬似的字迹，试图在一些无关紧要的句子中找出隐含的意思。

现在，马丁在开着花的低垂树枝下顺水漂流，一边回想着、审视着与她的最后一次相见，体味着酸甜苦辣各种滋味——愉快，却又于事无补。天气很热，透过闭着的眼睑，阳光带上了一层懒洋洋的、如草莓般的深红色彩。他可以听到沉稳的拨水声，远处飘来留声机放出的柔和音乐声。不久后，马丁睁开眼睛，在一大片强光中看见躺在对面垫子上的达尔文，穿着和他一样的白色法兰绒裤，衬衫敞开着。他们坐的是方头平底小船，瓦季姆站在后面，用力压向手上的撑杆。他那双开裂的舞鞋上闪烁着水珠的光泽，轮廓鲜明的脸上现出专注的表情——他喜欢航行，现在正一本正经地撑着船，熟练平稳地使着撑杆，有节奏地从水中拉出，又用劲压下去。小船在鲜花盛开的两岸间滑行；在清澈透明的绿水中一会儿映出栗树，一会儿则是开乳白色花朵的黑莓灌木丛；有时一片花瓣掉下，于是可以看到，倒影从水中深处急着向它迎来，瞧——合在一起了。其他小船——时而有条划艇——从旁边慵懒无声地漂过（如果不算留声机发出的声音）。马丁发现前面船上有一把打开着的艳丽阳伞，它像轮子那样一会儿向右转，一会儿向左转，但是，除了双手——不知为什么戴着白手套，显得不大协调——看不到缓缓转动花伞的女子。在船尾站着一个戴眼镜的年轻人，他不会使用撑杆，因而小船摇晃着，瓦季姆充满了蔑视，不知道该从哪一边超过它。在第一个转弯处，那条小船径直向岸边驶去，同时撑开的伞转向一侧，马丁认出了罗丝。

“瞧，多有趣。”马丁说。达尔文头枕着粗壮的双臂，他没有改变姿势，朝马丁的目光方向看了一眼。

“别和她打招呼。”他平静地说。

马丁笑了笑：“哦不，一定得打。”

“如果你这么做，”达尔文拖长了声调慢腾腾地说，“我会打掉你的脑袋。”

他的眼中有一种奇怪的神色，使马丁觉得很不自在。他从达尔文的话中听出这威胁不是开玩笑，为此他感到害怕，但也正是因为这样，在他从卡在岸边灌木丛中的小船旁漂过时，他喊了一声："喂，喂，罗丝！"她默默地笑了一下，双目炯炯，转动着花伞，而戴眼镜的年轻人啪的一声把撑杆掉到了水里，接下来的一瞬间，转弯挡住了他们的视线，于是马丁又把头朝后仰，望着天空。

默默滑行了几分钟后，轮到达尔文向某人打招呼了。"约翰！"他扯开嗓子喊着，"划到这儿来！"

约翰咧嘴大笑，开始倒划起来。这个黑眉毛、剪着平头的胖小伙是个数学天才，不久前因一篇论文而获了奖。他坐在自己的独木舟里（瓦季姆用这个名称形容他的船），顺着船舷划动着闪闪发亮的桨。

"是这么回事，约翰，"达尔文说，"这里有人向我挑战，因此我想让你来做助手。我们挑一个安静点的地方就靠岸。"

"好吧。"约翰回答说，没有流露出丝毫惊讶。等船划到旁边时，他就开始冗长地讲起一个大学生的事。那大学生不久前买了架水上飞机，就在这条狭窄的剑河上试飞，结果飞机马上就撞散架了。马丁一动不动地躺在垫子上。又来了，这种他所熟悉的战栗和双腿的无力感。也许达尔文还是在开玩笑。他为什么要如此愤怒呢？

瓦季姆沉浸在导航的神秘中，看来什么都没有听到。转了三四个弯后，达尔文请他靠岸。黄昏已经临近。这段河流空荡无人。瓦季姆驾着小船，朝树叶遮蔽下露出的一块绿莹莹的岬地驶去。小船轻轻地撞在岸边，停住了。

二十八

达尔文第一个跳上了岸，并帮助瓦季姆把小船停好拴住。马丁伸了个懒腰，不慌不忙地站起来，然后才走上岸。

“我昨天开始读契诃夫的书。”约翰耸动着眉毛对他说，“非常感谢您给我的建议。这是位富有人性的可爱作家。”

“嗯，这还用说。”马丁说。他飞快地想：“难道真的要打架？”

“瞧，”达尔文一边走近一边说，“穿过这片灌木就到了草地上，从河那边什么都看不到。”

直到现在瓦季姆才明白要发生什么事。“奶妈会揍死你。”他对马丁说着俄语。

“胡说。”马丁回答，“我打拳不比他差。”

“不要打拳击。”瓦季姆急躁地低声说，“立刻就狠狠给他一脚。”接着他告诉马丁具体踢哪里。他维护马丁只是出于爱国心。

榛树丛环抱的这一小片草地如天鹅绒般绵软顺滑。达尔文卷起袖子，但想了想后又把它们放下了，并脱掉了衬衫：高大红润的躯体亮油油的，肩膀上的肌肉闪着光泽，宽阔的胸膛中间有一路金色的胸毛。他把腰间的皮带束紧些，突然笑了起来。“这一切都是开玩笑。”马丁高兴地想，不过，为了以防万一，他也脱下了衬衫。他的皮肤是奶油色的，有许多胎痣，这在俄罗斯人身上很常见。他虽然筋肉结实，肩膀宽阔，但与达尔文相比还是显得身量较小。他从脖子上取下十字架，把项链团在手掌里，并将这一把流动的金子塞进口袋。夕阳使他的后背感到无比温暖。

“你们想怎么打？有间歇吗？”约翰舒服地伸直身子躺在草地上问。达尔文用疑问的目光瞥了马丁一眼，而马丁将双臂交叉抱在胸前，叉开腿站着。

“我无所谓。”马丁说，而脑海中则闪过一丝念头：“不，看来要打——这真糟糕……”

瓦季姆把手插进口袋里，在周围不安地走来走去，不时发出呼哧呼哧的声音，困窘地笑着，后来盘腿坐在约翰身边。

约翰掏出表。“反正，不应该让他们超过五分钟，对吗，瓦季姆？”

瓦季姆不知所措地点点头。

“好吧，你们可以开始了。”约翰说。

达尔文和马丁一下子握紧双拳，伸缩活动着腿脚，开始像跳舞似的围着对方打转。此刻，马丁仍然觉得自己不可能去打达尔文的脸，去打这张嘴边有着浅浅皱纹、胡子刮得光光的大脸。但是，当达尔文的一记左直拳突然袭来，在马丁的下巴上狠狠一击后，情况全变了：所有的紧张不安都消失了，他的心里感到舒畅亮堂了。由于受到震荡，他的脑袋里嗡嗡直响，听到的是索尼娅的名字——在某种意义上，她才是引起这场决斗的真正罪魁祸首。躲过新的进攻后，马丁用力给了达尔文那张善良的脸一拳，缩身避开了达尔文的一记右拳还击。他想给对方来一记上勾，但是落空了，一只眼睛上反倒挨了一下，打得他眼